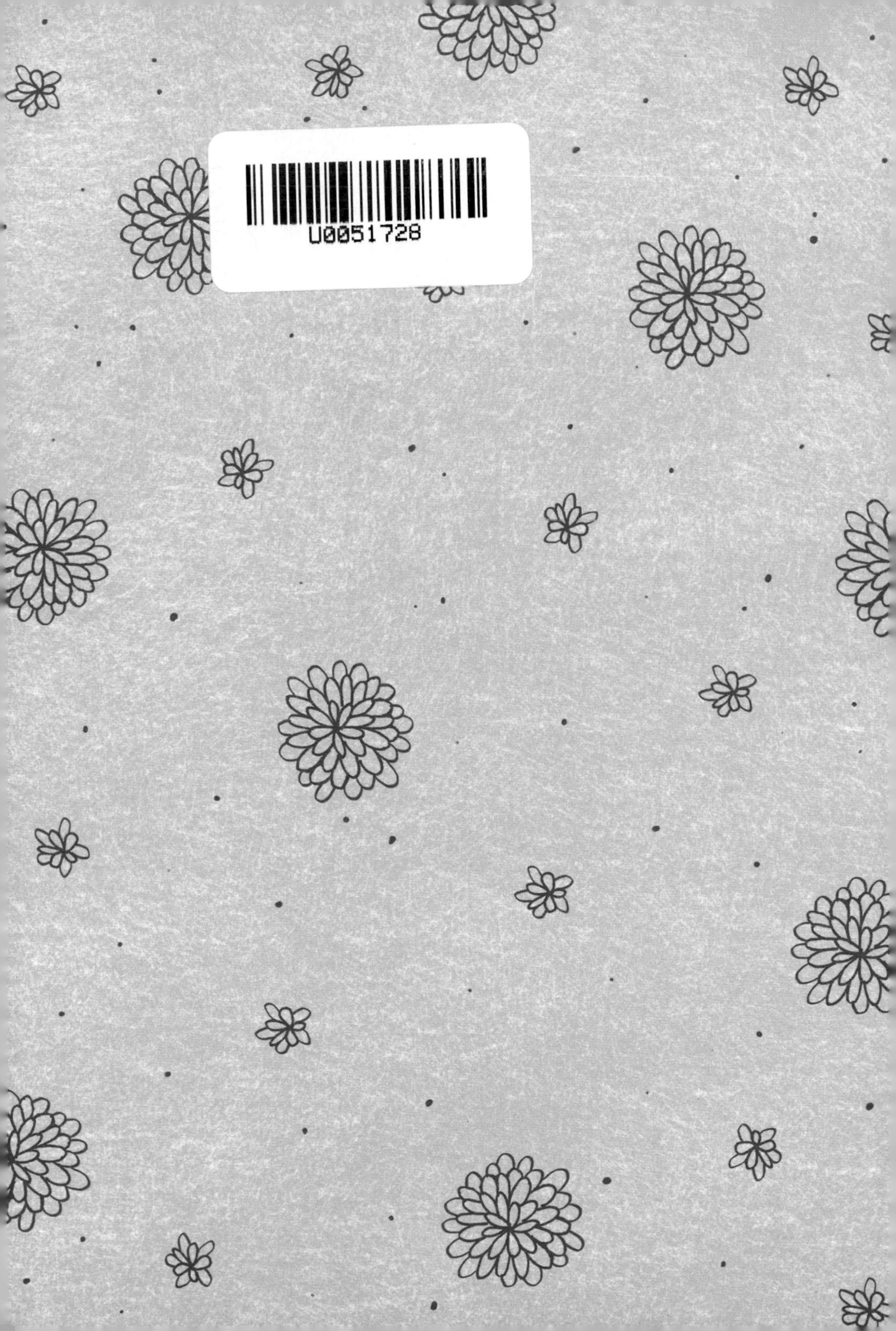
U0051728

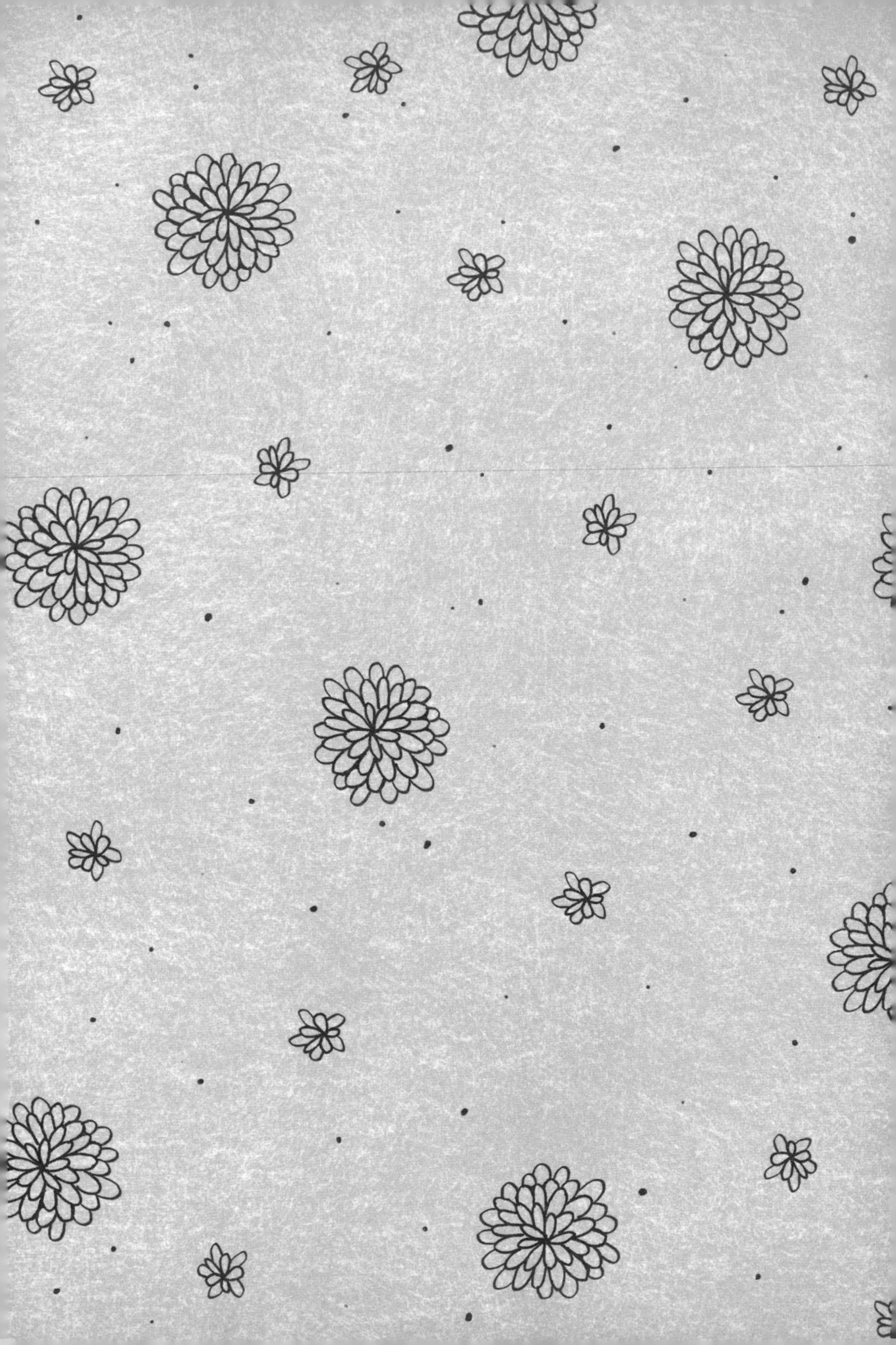

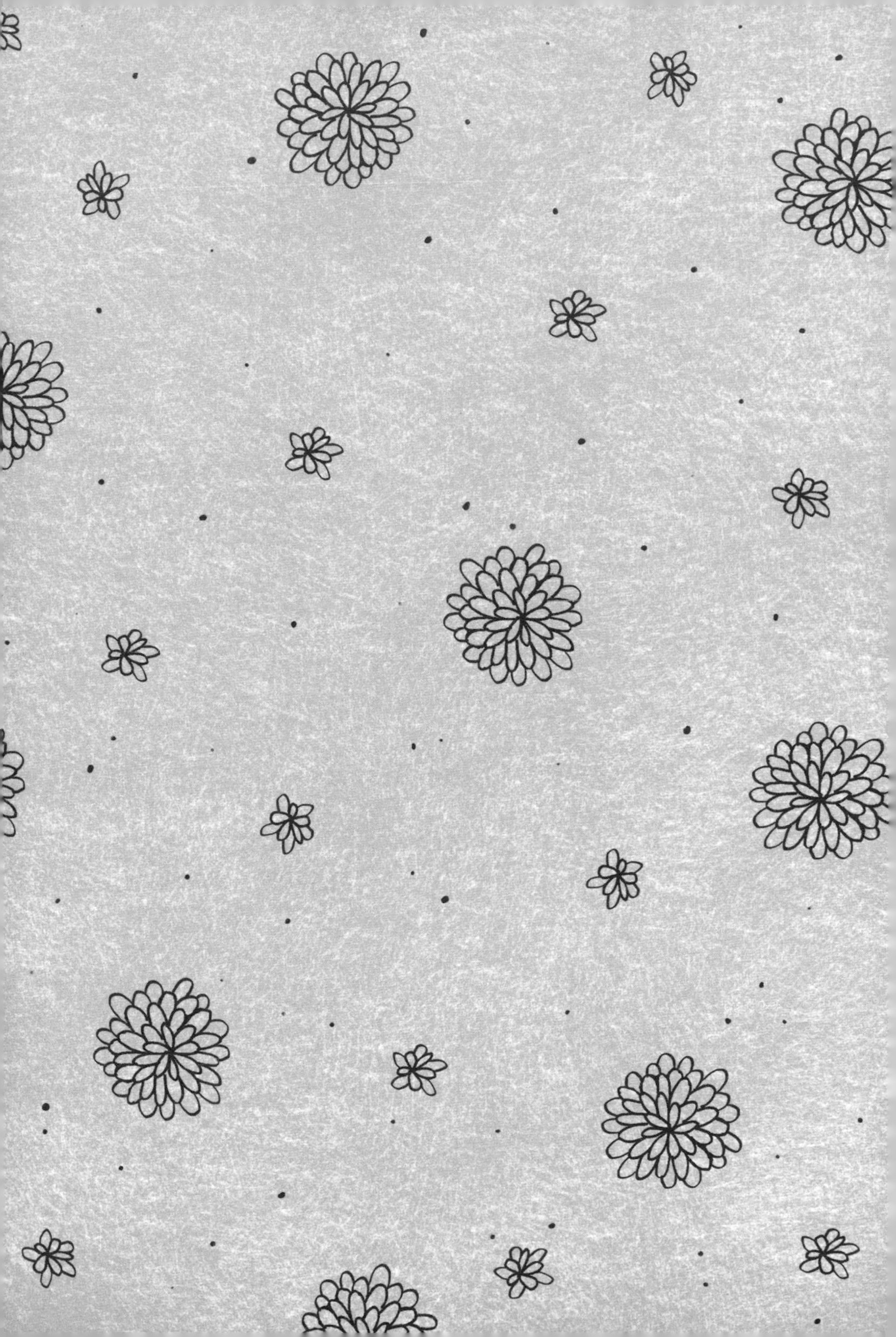

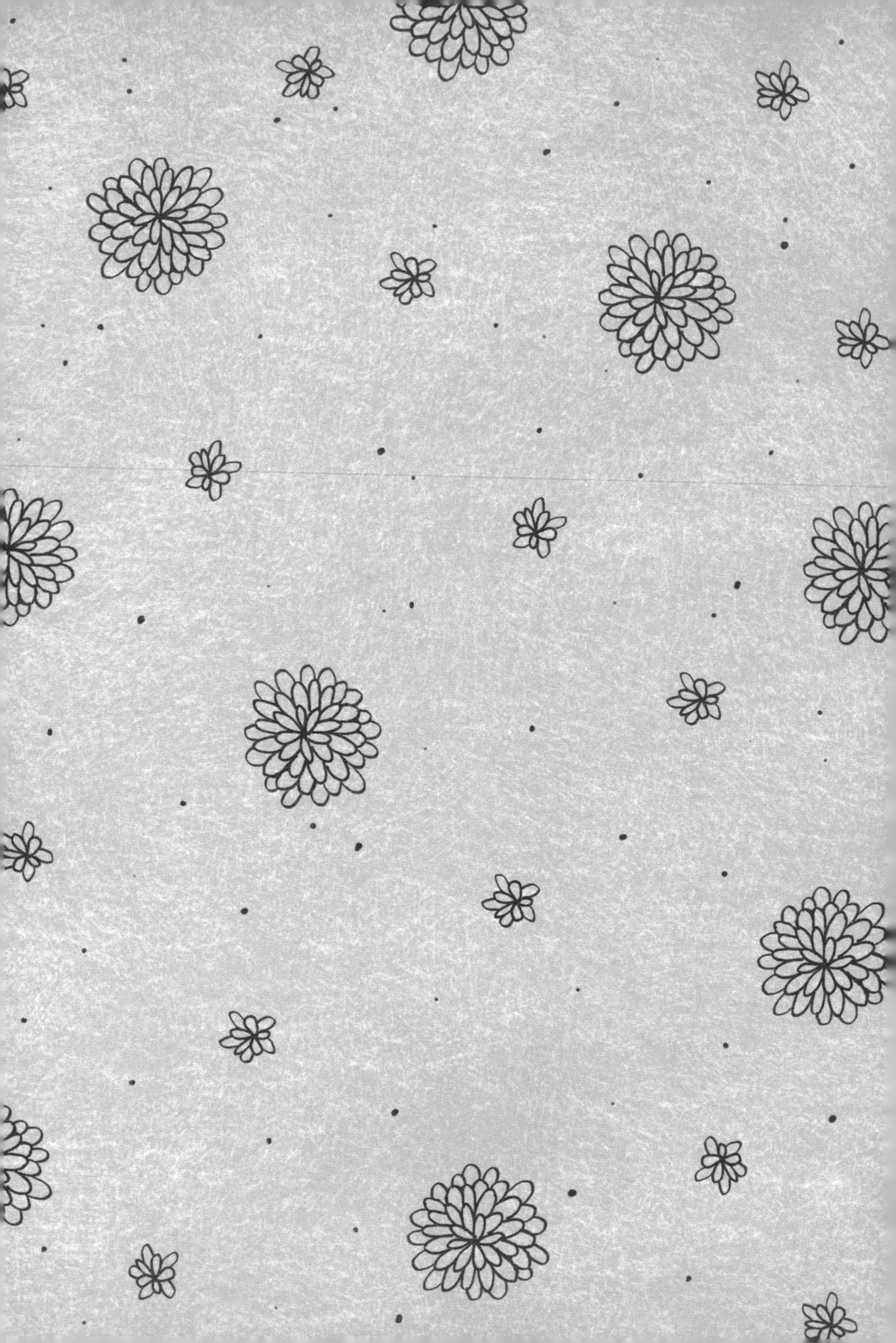

熊外婆
Grandma
Bear
楊翠・著

目錄

Contents

第一章

紫色的外婆

星期六的早晨，柚子從不安的睡夢中醒來，感覺喉嚨乾渴，快要裂開似的。她跑去廚房裡想倒水喝，卻看到一隻紫色的大熊。

彷彿有人拿冰水從她的頭頂潑下來，柚子打了個冷顫，瞬間便清醒過來。遇到野獸時應該怎麼做？學校和父母教過的安全知識，她怎麼也想不起來，只好死死摀住嘴巴，輕手輕腳的退出廚房。

當柚子以為自己已經走出危險區域時，紫色大熊的耳朵微微動了動，接著，牠轉過頭來，目光直直望向柚子。

「柚子，你起床啦。今天早上想吃什麼？」

聲音是從大熊所在的地方傳來的，千真萬確！那是個有些混濁、有些疲憊、有些沙啞的聲音；那滄桑的聲音、老年人的聲音，柚子再熟悉不過了，她不由得停下腳步。

「外婆嗎？」柚子問。

「對啊。」

「你為什麼——」

「為什麼變成熊嗎？哈哈，我也不知道，我自己也被嚇了一大跳呢！」

柚子呆住了，不知道該說些什麼。有一團東西堵在她的嗓子眼兒裡，拚了命要鑽出來，柚子只好張開嘴巴，接著，她便聽到自己發出驚天動地的尖叫聲。這聲音驚動了停在屋外竹林裡的小麻雀，也吵醒了熟睡中的哈密瓜。

哈密瓜是柚子的弟弟，一個圓臉、圓眼、白皮膚的小男孩。他從床上爬起來，揉著眼睛來到柚子身邊，迷迷糊糊的問道：「姊姊，怎麼了？」

柚子用發抖的手指向廚房，哈密瓜扭頭張望，兩隻眼睛變得亮閃閃的，像鑽石一樣。他蹦蹦跳跳的湊近那隻紫色的大熊，一本正經的聞了聞，問道：「你是外婆嗎？」

「是的。」

「真酷！」

哈密瓜撲進熊外婆的懷裡，發出「咯吱咯吱」的笑聲。柚子二話不說衝上前去，一把扯住哈密瓜，拉著他走出外婆家的大門。她走得很快，踏過石板小路，鑽進竹林裡。大熊並沒有追出來，柚子稍微鬆了一口氣。

「姊姊，你要幹什麼啊？我還想好好看看新的外婆！」

哈密瓜不高興的嘟著嘴，他正想要回屋去，又被柚子拉住了。

「屋裡太危險了，那可是一隻熊啊！」

「那是外婆！」

「那是熊！你又不是小狗，難道能從熊身上聞出外婆的氣味嗎？熊很兇惡、很殘暴，她可能會咬人！不行！我們不能回去！」

「外婆不會咬我們的！」

哈密瓜依然堅持他的看法，但是柚子凶巴巴的瞪了他一眼。他向來有些怕姊姊，不敢再與她爭論，只好問：「那我們要怎麼辦？要叫警察叔叔過來把外婆抓走，關進動物園嗎？」

「你讓我想想。」

柚子圍繞著大大小小的竹子轉圈，一邊還向屋子方向張望著，擔心大熊跑出來攻擊她和哈密瓜。柚子是爬竹子的高手，但是哈密瓜笨手笨腳，根本爬不上去，大熊要是追過來，他也沒辦法逃走。等等，熊會不會爬樹呢？

柚子用力甩甩頭，想把這些消極又可怕的想法趕走。這時候，她的目光落在馬路對面的青瓦屋頂上，那是離外婆家最近的一戶人家。柚子馬上拉著哈密瓜離開竹林，穿過馬路登門拜訪。

那戶人家的門前有一個魚塘，男主人姓唐，他四十多歲，矮小、結實，頭髮半白。柚子和哈密瓜從魚塘旁邊經過時，魚兒都嚇得藏到深深的水下。

唐叔叔熱情的與姊弟倆打招呼，發覺柚子的臉色有些不對勁，就問她發生了什麼事。柚子覺得這件事情太離奇，最好先不要講出來，只是說道：「我想給爸爸打個電話，能不能借一下你的手機？」

「好的。」唐叔叔一邊回答一邊又想著：「為什麼不能用她外婆的電話呢？難道是和外婆鬧彆扭了？不過，這小姑娘平常看起來文文靜靜，其實性子倔得像牛似的，連好脾氣的李婆婆也拿她沒辦法，我要拒絕她可不容易啊！」

柚子撥通電話，聽到爸爸的聲音，心裡終於踏實一些，眼淚也差點掉出來。

「外婆剛剛也給你媽媽打了電話，還要我們趕快過去。柚子，到底發生了什麼事呀？」爸爸著急的問。

「我不知道該怎麼說，你就不要問了，趕快來就是了。」

「好吧，十分鐘之後就到。」

柚子掛斷電話，向唐叔叔道謝，又拉著哈密瓜離開。

「現在可以回去了嗎？」哈密瓜問。

「不行，我們去路口等爸爸、媽媽。」

哈密瓜沒說什麼，但是一臉的不樂意。趁柚子不注意時，他掙脫她的手，像小兔子一樣機靈的奔回外婆家。柚子氣得直跺腳，只好跟著追過去。竹林旁邊有一堆排放整齊的柴火，大多是桑樹枝和竹棒，柚子拿起一截樹枝當作防身武器，小心翼翼的踏進外婆的領域。

睡在門口的大黃狗一見到柚子就不停的晃著尾巴，嘴裡還發出奇怪的聲音，像是有千言萬語要對柚子訴說，可是牠又沒能掌握說話的本領。

紫色的大熊就在客廳裡，哈密瓜躲在熊的身後，小心翼翼的探出腦袋。這樣的情景真奇怪，不知情的人可能會以為，拿著武器的柚子才是壞蛋，而大熊是哈密瓜的保護者。

柚子終於看清了大熊的模樣。牠的身高和外婆一樣，但是要強壯得多，而且渾身似乎散發著屬於野獸的危險氣息。柚子不敢看大熊的眼睛，她垂下頭，看到了大熊那雙毛茸茸的胖腳。這時，大黃跑進屋子裡，親暱的趴在外婆旁邊。難道牠也和哈密瓜一樣嗅出了屬於外婆的氣息，所以毫無防備嗎？

「哈密瓜，快過來！」柚子拿出姊姊的威嚴，提高聲音說道。

「我不要！姊姊今天好奇怪！」

「快過來！」

「我不要！」

柚子瞪著哈密瓜，哈密瓜也瞪著柚子，兩人互不相讓。

大熊終於開口了，牠對柚子說：「別害怕，我的外表雖然變得很像一隻熊，但並不是真的熊，哪有野生的熊是紫色的，還會講話？我的腦子也是清醒的，所以不會吃人。」

「我才不相信！你說不定真的是從哪裡跑來的熊，說不定是妖怪故意模仿外婆的聲音講話！」

柚子又氣又急，一說完，轉身就跑了，直到岔路口才停下來。她蹲在地上「呼呼呼」喘著氣，一輛機車從她身邊飛馳而過，惹得幾片樹葉貼地飛舞，有一片樹葉落在柚子的腳邊。她抬起頭，看著眼前那上坡的馬路在不遠處拐了個彎。馬路左邊是陡峭的山壁，右邊是谷地，水田整整齊齊排列著，一直延伸到遠處的小河邊。這個世界和往常一樣。

「笨蛋哈密瓜，竟然說我很奇怪！今後我再也不帶著他一起玩了！」柚子不高興的喃喃自語。

幾分鐘之後，柚子的呼吸變得平穩，腦子也冷靜多了，這時她的眼前浮現出哈密瓜那胖嘟嘟的臉。她又想：「哈密瓜還不到五歲，是一個什麼也不懂的小孩子，我不能拋下他，萬一他被熊吃掉了怎麼辦？糟了，熊會用外婆的聲音說話，是不是因為熊把外婆吃掉了？我得去把哈密瓜救出來！」

柚子站起身來，鼓起勇氣往回走。恐懼與不安像爬山虎一樣，在她的心中生長、蔓延，死死纏住了她，令她的腳步越來越緩慢。柚子想到大熊撫摸哈密瓜的頭髮的情景，那動作和外婆一模一樣。

「難道熊真的是外婆？所以大黃沒有叫也沒咬她。可是，人怎麼會變成熊呢？這到底是怎麼回事？」柚子想，「昨天如果不來外婆家就好了，要不然哪會遇到這種怪事！」

柚子和哈密瓜每個月都會到外婆家過一次週末。外婆家離柚子家不遠，走路只需要半個小時。這兒是鄉下，去年剛修好的馬路從外婆家的屋後經過，周圍的住戶不多，路上很少有車輛來往，非常安寧，是一個度週末的好去處。

爸爸、媽媽老是擔心柚子和哈密瓜遇到危險，不讓他們跑太快，不讓他們獨自離家，還叮囑他們過馬路時一定要十二萬分小心。到了鄉下，外婆也有許多不放心，所以不讓柚子姊弟跑得太遠。然而，對柚子來說，要從外婆的眼皮底下溜走，不過是小菜一碟。因此，每次柚子都盼望能來外婆家，漫山遍野的跑，從山上到山下，從莊稼地到樹林，撲蝴蝶、捉蜻蜓，四處探險。外婆則會拖長聲音叫著「柚子——」「哈密瓜——」就像唱山歌似的，這時，姊弟倆也會用同樣的方式回答，然後外婆便會出來找他們。

年邁的外婆走得慢，當然追不上兩個小孩子，三人會合時，都是柚子和哈密瓜已經玩膩了，主動想要回家去。

「昨天晚上我們吃了馬鈴薯絲、生菜和青椒炒肉，看了三集卡通，最晚十點鐘，我就上床睡覺了，一切都和以前的星期五晚上一樣。」柚子想，「到底是哪裡做得不對，今天早晨才會發生這樣的事？」

這時，汽車的喇叭聲在身後響起，打斷了柚子的思緒，她轉過頭，看到了車窗裡那張媽媽的臉。柚子的眼淚奪眶而出，馬上爬進汽車裡。

「到底怎麼了？誰欺負你了？和哈密瓜打架了？你也會有被哈密瓜打哭的一天嗎？柚子。」媽媽溫柔的說。

「不是。」柚子邊說邊搖頭還一邊抹眼淚。

「那是不是想家了？是你還是哈密瓜呢？」爸爸說。

「也不是！這是一件非常、非常嚴肅的事，你們不要問我了，自己去看吧！」

柚子轉頭看著車窗外，爸爸、媽媽不再說什麼，只是互相使了使眼色。汽車穿過盤繞的鄉間馬路，停在竹林邊。大家下了車，走進外婆的屋子，與紫色的熊面對面。

柚子打量著父母的臉。他們看起來不太驚訝，大人好像很擅長把情緒藏在心裡。哈密瓜在屋子裡跑來跑去，興致勃勃的要向大家介紹「全新的外婆」的神奇之處。

「你們吃早飯了嗎？我現在去煮點麵條。」外婆用平常的語氣說。

「麻煩您了。」爸爸不自然的笑了笑，「現在我確實需要吃點東西緩一口氣。」

「等一下！」媽媽捂著胸口，然後慌慌張張逃了出去。

柚子和爸爸也跟了出去，只見媽媽靠在院牆上，雙手按著太陽穴，臉色慘白。

「這不可能是真的！」媽媽說。她的聲音在發抖。

「沒錯！」柚子附和道。

爸爸伸手拍拍媽媽的肩膀，說：「我明白你的心情，我也被嚇了一跳，但那確實是媽的聲音。你看，哈密瓜一直待在她的身邊，也沒有被一口吞掉。」

「為什麼人會變成熊呢？」柚子問。

爸爸搖搖頭，說：「我不清楚，但是我好像聽說過類似的事情。」

「我只在故事裡聽說過。」媽媽說。

「爸爸，你為什麼答應要吃外婆做的早飯？安全嗎？」柚子又說。

「這個嘛……我也不知道，順口就說了。總之，我們先進去吧！站在這裡沒辦法解決問題。」

有了爸爸與媽媽在身邊，柚子沒那麼害怕了，於是再一次回到屋子裡。外婆正在廚房指揮鍋碗瓢盆幹活，這種聲音也是柚子熟悉的，她越來越覺得這隻熊可能真的是外婆，但也越來越不想承認這是真的。她也說不清楚是為什麼。

柚子一家四口默默的坐在飯廳裡，媽媽雙手抱在胸前，望著廚房的方向；爸爸用手托著下巴，哈密瓜忙著和他的玩具士兵對話。屋子裡的空氣異常沉重，壓得柚子快要喘不過氣來。

沒過多久，外婆就煮好了麵條，然後一一端上桌。柚子的媽媽拍了拍爸爸的胳膊，爸爸開口對外婆說：「媽，那個……」

「怎麼了？」外婆問道。

「沒事！」爸爸使勁搖了搖頭，「吃完東西再說吧。」

於是，大家一聲不響的往麵條裡加辣椒油等自己喜歡的調味料，開始吃早飯。

柚子看看媽媽，又看看爸爸，心裡滿是疑問：「你們到底是怎麼回事？現在還有心情吃麵？」

麵條聞起來很香，柚子沒動筷子，只是嘟著嘴、瞪著眼，就像和麵條有深仇大恨似的。她想把所有的不愉快都寫在臉上，這樣她的家人才能一眼看出來。

「柚子，你怎麼不吃？」爸爸問道。

「我不想吃。真的可以吃嗎？你們就不擔心？」柚子說。

爸爸朝柚子使了一個眼色，說：「有什麼好擔心的？外婆又不會下毒害我們。」

「我就是不想吃！」

「陳柚！」

媽媽高聲叫著柚子的全名，這表示她很生氣，柚子最好的選擇就是乖乖聽話，沒有商量的餘地。

「只知道罵我，這又不是我的錯。」柚子小聲嘀咕著，一邊不情不願的拿起筷子來，順時針、逆時針，不停的在碗裡攪拌，然後把麵條纏繞在筷子上。早餐結束的時候，她一根麵條也沒吃。不過，柚子的父母也沒吃掉多少麵條，他們也不好開口責備柚子。

外婆起身默默的收拾碗筷，媽媽跟著站起來，似乎準備像往常那樣去幫忙，但是很快又重新坐下。爸爸蹺著二郎腿，拿牙籤掏出牙縫裡的青菜葉子後，一本正經的深呼吸了幾次，便拉著媽媽去了廚房裡。三個大人小聲的不知在說著什麼。

柚子覺得這個世界好像在捉弄她，但是她不知道怎樣還擊。她一肚子的不高興，跑到客廳裡看電視，又故意把音量開得很大，震得整個房間的空氣好像在顫抖。

哈密瓜跑過來，像一團軟泥似的黏在柚子身上。柚子想到剛剛哈密瓜出賣了她，氣得一把將哈密瓜推開。哈密瓜也不生氣，沒過一會兒又靠過來，這次柚子沒再推開他，只是不和他說話。

大概過了十分鐘，媽媽來到柚子身邊，一邊拿毛巾擦乾雙手，一邊說：「柚子，你和哈密瓜留在外婆家，不要到處跑，不要一直看電視，要乖乖寫作業。我和爸爸要帶外婆去醫院。」

「為什麼？」哈密瓜問，「外婆又沒生病。」

「疾病是多種多樣的，老人家突然從人變成熊，這也是生病。」爸爸走過來，細心的解釋著。

「不是，」哈密瓜一本正經的搖著頭，「這是變身！外婆，你是怎麼學會變成熊的？能不能教教我？我想變成一條魚，這樣我就不怕水了！」

哈密瓜邊說著邊離開客廳，跑去找外婆。很快的，外婆那響亮、爽朗的聲音傳來：「我也不太明白，好像是今天早晨起床時突然變成這個樣子的！你別著急，等我慢慢回想，想好了就告訴你。」

「你們已經確定那是外婆嗎？」柚子問道。

媽媽歎了一口氣，轉頭看向門外。爸爸便說道：「應該是外婆。你別擔心，外婆會沒事的。」

柚子點點頭。她已經不想繼續看電視了，於是跑回房間裡拿出書本寫作業。不過家裡發生這樣的事，她可沒辦法將注意力集中在書本上，結果也只是裝裝樣子。

聽到汽車遠去的聲音之後，柚子放下筆走出房間，不知道為什麼，她的雙腳領著她走進了外婆的房間。陽光正好從窗戶照進來，柚子看到外婆的枕頭上散落著幾根紫色的毛。除此之外，這個房間和往常沒什麼兩樣。

「等到爸爸他們從醫院回來的時候，外婆說不定就恢復成原來的樣子了。」

柚子自言自語著。

可惜，柚子的願望並沒有實現。

第二章

人人都知熊外婆

柚子的家在園口鎮。這是一個小地方，你騎著自行車只要半個小時，就能橫越小鎮。在這兒，哪怕是發生了芝麻、綠豆大的小事，很快也會人盡皆知。

柚子的父母在菜市場旁邊經營著一家理髮店，柚子常常去店裡玩。她喜歡看爸爸幫別人剪頭髮，喜歡看爸爸將刮鬍膏抹滿客人的下巴，熟練的刮幾下，鬍子就和泡沫一同消失了。

客人們坐在椅子上不能動，也就不能做其他的事，便喜歡沒完沒了的說話，所以理髮店裡充滿閒言碎語，柚子想不聽都難。

星期天柚子去店裡時，便聽到好多人在打聽著外婆變成熊的事。她明白，在鎮上其他的理髮店裡，大家一定更加熱烈的談論著外婆，而且一定也有其他待在旁邊的小孩，把這些閒話裝進了耳朵裡。

到了星期一，柚子離家去上學，她的腳步越來越沉重，心裡有一種不好的預感。果然，到達教室時，她還沒來得及放下書包，就有一大堆同學圍過來，紛紛向她投來好奇的目光。

「聽說，你外婆變成了一隻熊，這是真的嗎？」

「聽說她是紫色的，還能說話，這是真的嗎？」

「你外婆還認識你們嗎？她會不會咬人？」

「她是不是中了邪惡巫婆的魔法，才變成熊的呢？」

……

柚子不想回答任何一個問題，她生氣的丟下書包，目光很快鎖定在一個梳著羊角辮的小女孩身上。

「段飛雨，一定是你到處亂說的，對不對？」柚子大聲說。

「我才不是亂說！昨天我特地到你外婆家去，結果看到一隻這——麼大的熊！」段飛雨伸手在眼前比畫著，「她也看到我了，眼睛裡還放出寒光來。我以為她要吃了我，嚇得一口氣跑回家！幸好我跑得快哪！」

圍觀的同學都聽得津津有味，彷彿昨天他們也和段飛雨一起去歷險了似的。

柚子漲紅了臉，大聲說：「我外婆才不會吃人呢！」

「她現在可是熊呢！熊有多可怕，誰不知道呀！」段飛雨一本正經的說，「幸好我家離得遠，真擔心住在你外婆家附近的人，他們可能都不敢隨便出門啦！」

柚子想要反駁，可是不知道該說什麼。她一直都不是個伶牙俐齒的小女孩，而且又愛哭，所以淚水早已湧了上來，蓄勢待發，只要她眨一眨眼，淚水就會奪眶而出。

柚子擠開眾人，逃出大家的包圍圈，朝著廁所的方向走去。學校的廁所在教學樓對面，經過廁所門口時，柚子沒有停下來，而是沿著臺階往上走，來到操場上。

每個星期一，學校都會利用早自習的時間舉行升旗典禮，現在負責升旗的高年級同學已經把國旗準備好，廣播裡也不時傳出奇怪的聲音，應該是老師在測試麥克風吧。

操場是公共場所，被分派給好幾個班的同學打掃，柚子就讀的三年三班也負責一小塊區域。這時已經快要舉行升旗典禮了，幾個同學正在匆匆忙忙打掃著。柚子只顧著生氣，根本沒注意周圍的情況，直到她突然吸了一鼻子灰塵，才發現原來自己走到了打掃環境的同學身邊。

「對不起。」一個細小的女孩的聲音傳來，「陳柚，你怎麼了？生病了嗎？」

柚子這才回過神來，發覺原來正在打掃環境的就是她的同班同學。和她說話的女孩是吳葉桐，但是大家都喜歡稱她為「梧桐葉」。

「沒有。」柚子發現自己走得太遠了，可是她又能走去哪裡？總不能離開學校吧？柚子轉身往回跑，跑到教室旁邊後又猶豫了半天，最後還是鼓起勇氣回到教室裡。

班級導師曹老師已經來了，所以誰也沒再跑過來問東問西，這讓柚子鬆了一口氣。可是到了升旗典禮時，身邊的同學——無論是自己班上的還是別的班上的，都時不時的轉頭看她，像是看著外星人，然後還會小聲和旁邊的人說著什麼。柚子覺得渾身不自在，甚至不知道應該把雙手放在哪裡。

「他們一定是在講外婆的事，煩死人了！」柚子心想，「真想馬上回家去，再也不到學校來了！」

這時，一雙溫暖、柔軟的手輕輕握住柚子的手，站在前面的女孩轉過頭來望著柚子。她留著齊耳短髮，臉蛋兒和眼睛都圓圓的，不過皮膚蒼白、毫無血色，像是正患著什麼重病。

女孩名叫劉然，小名皮皮，是柚子在班上最好的朋友。兩個孩子住在同一棟大樓，還不會說話時就認識了彼此。每當父母忙得不可開交時，柚子和哈密瓜常常待在皮皮家。

「不要在意他們。」皮皮說。

「我才不在乎！」柚子嘴硬道。

這一整天，柚子一直裝作完全不知道大家感興趣的話題是什麼，不管是誰來問她關於外婆的事，都會被她瞪回去。終於挨到放學，柚子感覺自己像是跑了五千公尺，累得快要虛脫了。

像往常一樣，她和皮皮一起走回家，路上柚子和皮皮商量著，明天要以怎樣的理由請假，就可以不去學校。

「不用太擔心。再過幾天，等大家遇到更感興趣的事情，就不會一直問你外婆的事了。」皮皮安慰道。

「那需要多少天呢？要是我會魔法就好了，只要朝大家念一句咒語，他們立刻就能忘了這件事。唉！萬一他們永遠也忘不了，又該怎麼辦？」

「李婆婆永遠都會是熊嗎？她到底為什麼會變成熊呀？」皮皮問。

「外婆說，她也不知道，一覺醒來就這樣了，變成熊之前，她也沒感覺哪裡不舒服。前天爸爸和媽媽陪外婆去看了醫生，帶回好大一袋子的藥，吃完藥之後，外婆一定會變回原來的樣子。」

「那就好，不會永遠是熊。」皮皮頓了頓，又問，「柚子，那真的是你外婆嗎？」

柚子歎了一口氣，不得不承認的說：「是的。」

「我好想見見她。」皮皮忽然說。

「我可以帶你去外婆家。」

「還是不要了，現在不行。」皮皮皺了皺眉頭，「我還是有點害怕。柚子，對不起。」

「沒關係。我第一次看到熊外婆時，也嚇得哇哇大叫。等你不那麼害怕了，我再帶你去見她。」

柚子想，如果皮皮被外婆的樣子嚇哭了，那外婆一定也會很難過。她不願意看到這樣的事情發生。

柚子回到家裡時，媽媽正在輔導哈密瓜完成幼稚園的作業。因為剛爬完樓梯，柚子一邊喘氣，一邊看著哈密瓜的作業本，他在田字格上歪歪扭扭寫了幾個最簡單不過的字。

柚子像往常一樣，裝作哈密瓜不在這兒，大聲喊著：「哈密瓜在哪裡？哈密瓜呢？你在哪裡呀？」然後，她把每扇門都拉開，沒過一會兒就將藏在門後面的哈密瓜找了出來。

哈密瓜老是喜歡玩這樣的遊戲，柚子不太明白，為什麼他不能把自己藏好一點兒？四歲半孩子的想法真難理解呀！

明明被發現了，哈密瓜依然很高興，還發出「咯吱咯吱」的笑聲，媽媽看了，又把他拉回座位上繼續寫作業。

「你的字寫得真醜。」柚子說。

「這是個性。」哈密瓜不知跟誰學了這樣的藉口。

「你也快去寫作業，等一下我們要去外婆家吃晚飯。」媽媽說。

「昨天不是才去過嗎？」柚子說。

「外婆現在是病人，她的心裡一定比我們都要難過，也很不適應，我們應該多陪陪她。本來想讓她暫時住在我們家，這樣更方便我們照顧她，可是外婆說家裡養了雞、鴨，地裡剛剛撒下菜種，花也需要每天澆水，怎麼也不肯來。幸好我們離得不遠，所以就由我們去她那裡吧！最近一段時間恐怕得天天去，反正有車，也不麻煩。柚子，聽媽媽的話，你對外婆的態度好一點兒，行嗎？不然外婆會傷心的。」

「我該怎麼做才好呢？我可從來沒想到過外婆會變成熊，也沒有哪一本書說過遇到這樣的事情應該怎麼辦。」

「你害怕外婆，擔心她撲過來咬人吧？擔心她外表變成熊，內心也會變得跟熊一樣，對吧？一開始我也有些擔心，不過就這兩天的情況來看，外婆的思維是正常的，所以不用害怕。」

「不用害怕，姊姊。」哈密瓜總是喜歡插進家裡其他人的談話中，想要表明他能夠理解大家所說的一切，「外婆現在很強壯，可以幫我們打跑壞人！」

「我知道，現在根本沒有壞人敢惹她。」柚子說，「一開始我是有些害怕外婆，現在我已經不怕了。可是，我不能突然就把現在的熊外婆當成以前的外婆吧？我做不到！」

「我明白了，你需要一些時間習慣這一切，對不對？」媽媽笑著拉住柚子的手，「那你慢慢來，不用著急，但是也不能老是鬧彆扭喔！比如說，你不能像昨天和前天那樣，什麼東西也不吃。記住一點，柚子，如果我們拋下外婆，她身邊就沒別的人可以依靠了。我們要讓外婆明白，無論她變成什麼模樣，我們都會陪在她的身邊。」

「我們要支持她，對吧？」柚子說。

「沒錯。」

一直以來，柚子最喜歡的人就是外婆。外婆總是那麼親切、溫和，從來不大聲責罵柚子，不用大人的威嚴逼迫柚子。此外，外婆雖然書念得不多，卻有講不完的故事——它們就發生在外婆家周圍的山上、山下。柚子出門玩時，常常忍不住會將那些地方與外婆講的故事聯繫起來，甚至會像偵探一樣尋找蛛絲馬跡，想要證明那些故事真的發生過。

外婆，外婆，光是嘴裡念著「外婆」兩個字，柚子便感覺心裡踏實。沒錯，現在輪到柚子支持外婆，給她鼓勵了。此刻，在學校被人盯了一整天，累積了一肚子的牢騷與不高興，就像煙霧一樣從柚子心中散去。

敲門聲傳來，接著，樓下傳來皮皮的媽媽那咋呼的聲音：「楊姊，你在不在？」

「來了。」

媽媽跑去開門，柚子回到自己的房間，開始寫作業。很多小孩都會拖拖拉拉，不到最後一刻都不願意寫完作業，柚子剛好相反，如果不把作業寫完，她總覺得玩得不踏實。

可是，皮皮媽媽的聲音穿透力太強，一百堵牆恐怕依然無法完全阻隔。柚子一邊在作業本上寫下今天新學過的生字與詞語，一邊聽著大人講話。原來，皮皮家今天有客人要來，她的媽媽準備做一大桌子菜，可是她的廚藝不好，於是來向媽媽取經。

兩位媽媽的談話持續不到十分鐘，柚子就聽到皮皮的媽媽說：「我明白了，可是，做出來是個什麼樣子，我就不敢保證了。」

「皮皮媽媽終於要走了。」柚子心想。

「對了，楊姊，聽說你媽變成了熊……」

恐怕這才是皮皮媽媽的目的，她和柚子的同學一樣，想要打聽關於外婆的事！房門外，媽媽耐著性子向皮皮媽媽講述外婆生病的前後經過，柚子的心裡很不是滋味，她打開門衝出去，語氣硬邦邦的說：「媽媽，我們什麼時候出門？」

「馬上就走。皮皮媽媽，今天我們家裡有點事，先不和你聊了。」

皮皮媽媽意猶未盡，不過也只能離開了。媽媽長舒了一口氣，抱住柚子說：「還好你替我解了圍，救了我。昨天稍微好一點兒，今天我出門，好像我認識的所有人都在街上等著遇到我，還一直問我：『聽說你媽變成了熊？』真是煩死了！」

「過幾天就好了。」柚子說。

「沒錯，新鮮感過去之後，大家也會慢慢習慣的。」媽媽說。

汽車把柚子一家送到外婆家。打開車門時，柚子聽到一聲怪叫，好像是外婆的聲音。接著，好幾個小男孩從外婆家跑出來，爸爸下車叫住他們，發現他們慌張又驚恐，就問：「發生了什麼事？」

「熊……熊要攻擊我們！」為首的男孩說。他的皮膚黑得發亮，留著小平頭。男孩和柚子就讀同一所學校，比柚子高一個年級。他姓丁，叫什麼名字，柚子就不知道了，但是周圍的大人、小孩都叫他「釘子」。

柚子在外婆家附近探險時，曾經遇到過釘子好幾次。有一次，也不知道為什麼，柚子和釘子一夥比賽跑步，柚子把他們全都甩在身後，打敗了他們。從那之後，每次遇到釘子，柚子都不由自主的把頭抬得高高的，毫不掩飾滿心的得意。

「那不是熊，那是我外婆！」哈密瓜揮舞著他的胖胳膊，嚷嚷道。

「沒錯，你們要叫她李婆婆。」爸爸說。

這時，外婆再一次發出怪叫聲，像是野獸的怒吼，難道是熊的叫聲嗎？會不會是外婆突然野性大發？柚子急忙抓住爸爸的手臂，透過竹林的縫隙，看到外婆正向大家走來。幾個男孩嚇得哇哇亂叫，不一會兒便逃得無影無蹤。

外婆一步一步靠近，連媽媽也有些害怕的靠在爸爸身邊。哈密瓜完全沒察覺出危險，還想朝外婆那邊走去，結果被媽媽一把拉回來，將他和柚子一起塞到大人們的身後。

來到柚子一家人面前，外婆終於停下腳步，怔怔的望著他們。她的雙眼毫無神采，就像兩顆鑲嵌在眼眶裡的玻璃珠子。

「媽，你還認識我們吧？」爸爸的聲音裡也有一絲不安。

熊外婆沒有回答，像沒聽見似的，只是彎腰盯著從媽媽身後露出半張臉來的柚子。從外婆的眼睛裡，柚子看到了自己的倒影，她趕緊把自己嚴嚴實實藏起來。

外婆的目標轉向哈密瓜。她故意張大嘴巴，一臉猙獰的衝著哈密瓜一陣怪叫，嚇得柚子渾身的汗毛都豎了起來。哈密瓜並不害怕，他有樣學樣，也發出幾聲稚嫩的叫聲。外婆又伸手將哈密瓜舉了起來，哈密瓜開心得笑了起來，外婆也跟著哈哈大笑。

「這到底是怎麼一回事？」柚子媽媽有些惱怒。

「我們倆正在用熊的語言交流呢。」外婆說。

「那你們說了什麼？」爸爸饒有興致的問。

「外婆問我今天在幼稚園過得開不開心，我說米湯被我打敗了。」哈密瓜解釋著。

「你怎麼打敗米湯的？用了什麼方法？他可比你高好多……」爸爸說。

「米湯的事等會兒再說！」媽媽打斷他們的對話，生氣的盯著外婆，「媽，你剛剛是故意嚇唬釘子他們的吧？你到底在想什麼？要讓大家害怕你嗎？」

「釘子朝我扔石頭，正好打中我的肚子。雖然現在的我有厚厚的皮毛保護，但是也很疼啊！」

「為什麼要和小孩子一般見識？」媽媽說。

「小孩子打人就是對的嗎？我就是要給他們一點兒教訓，讓他們長長記性！」外婆像往常一樣，習慣性的雙手叉腰。不過她的體形和以前大不一樣，挺著一個圓滾滾的肚子，看起來有些滑稽。

哈密瓜也模仿外婆的姿勢，說：「就是，長長記性！」

「小時候我經常被爸爸嚇得哇哇叫，那時候你總是會責怪爸爸。」媽媽又說，「果然是這病影響了你。」

「別說了，飯菜都快涼了，吃飯去。」

外婆帶頭往回走，她的腳步輕快，像是在踏著音樂前行。以前外婆走路顫巍巍的，遇到下雨天，即使大人不說，柚子也會主動扶著外婆，擔心她摔倒。

來到廚房門口，外婆突然停住腳步，拍拍她那毛茸茸的腦袋，轉身說道：「糟糕，我把做飯這件事給忘啦。楊潔，你來炒菜吧。」

「你才沒有忘，就是不想做吧？」柚子的媽媽一邊抱怨著，一邊取下掛在牆上的圍裙。

外婆笑了起來，柚子從她那張毛茸茸的臉裡，多少看出了一些外婆原來的影子。

「柚子、哈密瓜，我們去看卡通。」外婆說。

哈密瓜應聲蹦到外婆身邊，拉著外婆的手走去客廳，可是柚子沒動。外婆走了幾步又回過頭來問道：「你不看嗎？不是最喜歡看電視了嗎？」

柚子搖搖頭，說：「我要幫媽媽洗菜。」

外婆家裡沒有安裝天然氣，依然是靠農村人使用了幾千年的燒柴灶。爸爸坐在灶前燒火。他個子高、脖子長，一邊把柴火放進去，一邊打量著鍋裡的情況。明明不擅長炒菜的他，這時卻像大飯店的主廚一樣，一本正經的指導著媽媽。

柚子在一旁當媽媽的小助手，但是，很快就被辣椒那嗆人的氣味逼得落荒而逃，鑽進竹林裡。

竹林旁邊有兩棵很大的芙蓉樹，聽說是柚子出生那年種下的。每年十月或是十一月時，紅紅白白的花擠在葉子裡，便是鄉野間最好的景致，而柚子一家就會來外婆這兒吃飯、看花。

柚子眨了眨眼睛，突然之間覺得，還沒變成熊的外婆彷彿就站在樹底下。可是她睜大眼睛再看，又什麼也沒看到了。

外婆就在屋子裡，但又覺得她不在，因為現在的她已經完全不同。柚子感覺自己永遠也無法習慣現在的外婆，更別提站在外婆身邊支持她、鼓勵她了。

「今年芙蓉花開放時，外婆一定能夠變回來吧？芙蓉樹，請你保佑她。」柚子雙手合十，閉上眼睛，默默的在心裡祈禱著。

「柚子，快去菜園裡幫我拔幾棵蔥！」媽媽的聲音傳來。

「好的！」

柚子一溜煙往旁邊的小丘上跑，奔向外婆的菜園。

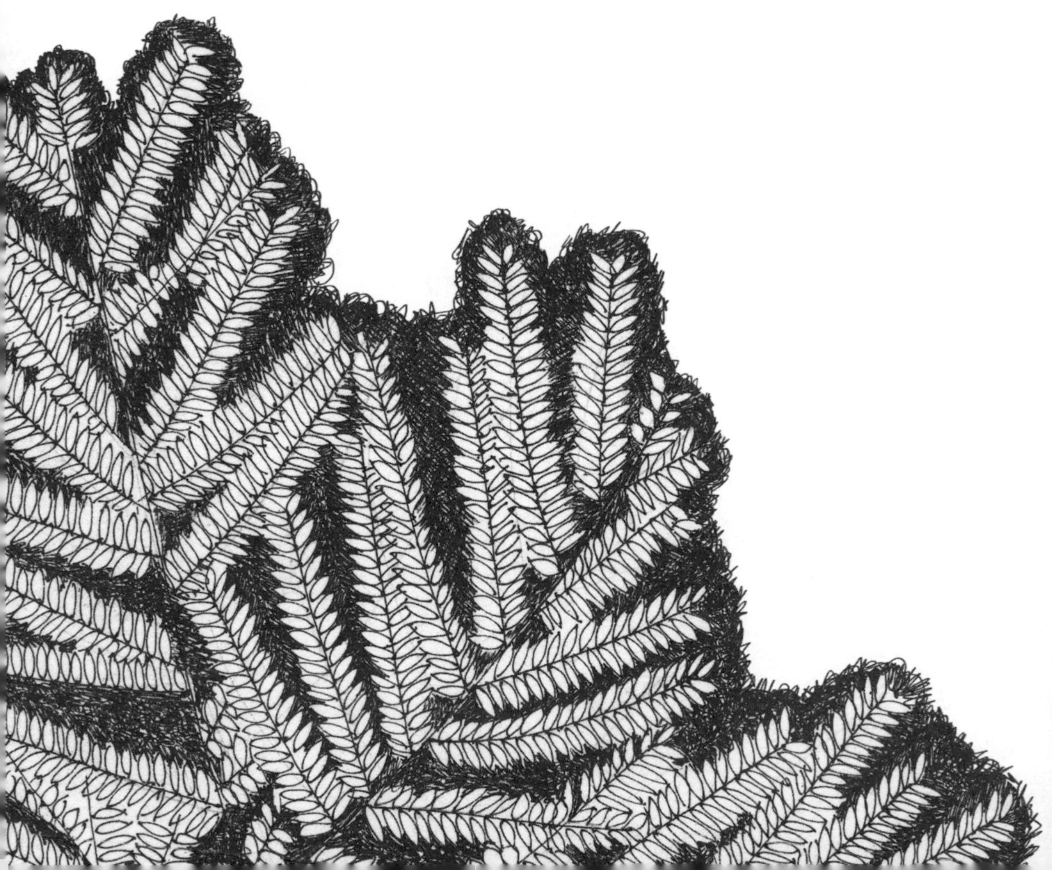

第三章

全新的外婆

星期二下午放學後，柚子一家人照例又去外婆家。在路上，柚子看到好多人從外婆家那邊走過來，不禁懷疑他們都是剛剛去外婆那裡看熱鬧的。

下車之後，柚子便聽到大黃嗷嗷的叫聲，這是歡迎的表示。柚子的父母把從鎮上菜市場買來的蔬菜和肉搬進廚房裡，接著爸爸便像往常一樣逗大黃玩。柚子也很喜歡大黃，但是不敢靠近牠，她擔心大黃太過熱情，會撲到她的臉上來，通常她會等大黃冷靜一點時才和牠一起玩。

院子裡的月季花開了，柚子奔向那一團小小的玫紅色，看了又看，萬般捨不得，她伸手摸了摸花瓣，這才走進屋子裡。就在這時她看到了媽媽，發現她一臉不高興。

危險！柚子不由得後退了兩步，趕緊躲到媽媽的視線之外。

媽媽並沒有看柚子，她衝到外婆面前，說道：「媽，你今天到底是吃了多少零食？垃圾桶裡全是塑膠包裝袋！」

「我本來是買給柚子和哈密瓜的。不過，我後來一想，以前我從來沒嘗過這些零食，所以就拆開一包來嘗嘗，一吃才發現，原來味道那麼好，怪不得小孩子都喜歡！」外婆說。

「還有嗎？」哈密瓜眼巴巴望著外婆，「我也要吃！」

「還有好幾包呢！不過，你不能吃太多。」

「不准吃！」媽媽大聲對哈密瓜說，「我們馬上就要吃飯了。」

哈密瓜可憐巴巴的挨著外婆坐下，靠在外婆身上。外婆伸手攬住他的肩膀，幾乎要把哈密瓜淹沒在她的紫色皮毛裡。媽媽的抱怨還沒完，接著又說：「媽，你怎麼沒洗碗？」

「哎呀！我這雙手毛茸茸的，還不太習慣嘛！」

「不是給你買了手套嗎？」柚子媽媽又說，「如果你把作為人類時要做的一切全都丟掉，你就真的會變成熊了。到時候說不定連話也不會說，甚至會認不出我們！」

「昨天我只是裝裝樣子嚇唬那幾個臭小子，我的腦子清醒著呢！比以往任何時候都更加清醒，你不用瞎擔心！」外婆也提高了聲音。

「你是我媽，我關心你還不好嗎？」

「那我就得按照你的規則去生活嗎？別對我指手畫腳！你要是看不順眼，就不要來了！」

母女倆都沒話可說，開始比賽瞪眼睛。柚子的心提到了嗓子眼兒，她站在門口的臺階上，卻感覺自己像是站在懸崖邊，被危險與恐懼包圍著。每次家裡發生爭吵時，柚子都會異常緊張，彷彿整個世界就快要崩塌了。

這時爸爸終於走進屋裡來，一番笑嘻嘻的勸解後，母女之間劍拔弩張的氣氛才慢慢消失，柚子的心也放了下來。

「好了，煮飯吧。」說完，爸爸拉著媽媽去廚房裡。他把菜和肉從帆布袋裡一一拿出來，媽媽也伸手取下圍裙。

外婆離開了客廳，但她沒有去廚房，而是走到院子裡。大黃蹦到外婆身邊，不停的搖晃尾巴，外婆伸手撫摸著大黃那短短的毛。

哈密瓜跑出院門，沒過一會兒又跑回來，手裡還多了一根細樹枝。他跳上跳下，嘴裡「嘿嘿哈哈」，在院子裡表演起武術。

外婆故意悄悄靠近他，哈密瓜轉身面對外婆，拿樹枝在眼前畫了一個叉，那是在進攻。

外婆便裝作胸口受了兩劍的模樣，非常誇張的倒在地上。哈密瓜停止揮舞，跑上前去查看外婆的情況，外婆突然從地上跳了起來，動作就像會功夫的人一樣敏捷。

「哈哈哈哈……」外婆響亮的笑聲在山谷間迴盪，「要想打敗我，可沒那麼容易！」

「上當了！」哈密瓜大叫著。

接著，外婆一掌轟出去，哈密瓜也故意後退幾步，像是被掌風震開。他含含糊糊說了一句什麼臺詞，柚子沒聽清楚。兩個人演得可起勁了，外婆彷彿也變成了一個四歲的小孩子。

十幾分鐘之後，哈密瓜與外婆都有些疲憊，這才回到屋子裡，又興致勃勃的看起卡通。

等到飯做好了，外婆把菜挾到自己的飯碗裡，又去守著電視機了。哈密瓜也想照做，卻被媽媽喝斥了幾句。他不敢離開飯桌，只好悶悶不樂的把飯一粒粒放進嘴裡。

這天夜裡，外婆只和媽媽說過一句話，那就是：「今天的菜真好吃。」媽媽當時沒說什麼，可是一家人坐車回鎮上時，媽媽突然說：「我媽以前都嫌我做的菜口味太重，放的調味料太多，現在她竟然喜歡重口味了。」

「這樣不是挺好的嗎？」爸爸說。

媽媽沒有回答，可是柚子似乎感覺到氣氛和往常有些不一樣，她歪著身子從車外的後照鏡裡看到了媽媽的臉，發現她哭了。

大人的哭泣是無聲的，只是眼眶紅紅的，淚水跟著滾出來，像雙眼壞掉了一樣，別說有多奇怪、多彆扭了。

而且，大人常常在奇怪的場合哭泣：明明是應該難過的場合，他們總是很冷靜；明明沒什麼悲傷的事，他們卻會擦眼淚。

「媽媽，你怎麼了？」哈密瓜不安的問。這可能是他第一次見到自己的媽媽哭。

「沒事。」

哈密瓜不再問什麼，他打了一個大呵欠，看來是睏了。柚子看著弟弟，心裡很羨慕他，因為他年紀小，什麼都不用想，無憂無慮。

柚子伸手捏了捏哈密瓜的臉蛋兒，然後扭頭看著窗外。不遠處有昏黃的燈火，說明那裡有人家。

那家人和外婆已經有好幾十年的交情，非常友善，只是他們有些邋遢，柚子不太喜歡他們，也不怎麼去他們家玩。不過，那戶人家擁有一大片橘子園，每年橘子成熟時，柚子都可以自由自在的穿梭在樹下，看中了哪顆橘子只管摘，直到肚子裡塞滿橘子，才心滿意足回家去。

那家人對外婆變成熊這件事的看法如何呢？如果他們不害怕外婆，柚子說不定會喜歡他們。

第二天放學後，柚子回到家裡，發現媽媽在廚房裡準備晚飯。

「今天不去外婆那裡嗎？」柚子問。

「不去，去了又得吵起來。」

「你也需要時間習慣全新的外婆。」

「沒錯。」媽媽歎了一口氣，「可能需要很長一段時間。」

柚子點點頭，轉身要離開廚房時又停下腳步，在原地思索了十幾秒之後，她撒嬌似的說：「媽媽，我明天能不能請假？」

「怎麼了？身體不舒服？」

「不是。我不想上學。」

媽媽停下手中的動作，轉頭看著柚子，說道：「同學們還在議論外婆的事情，對吧？他們是不是對你說了許多不好聽的話？」

「大家沒有當著我的面說什麼，有時候好幾個同學圍在一起悄悄說話，還會偷偷看我。我走近了，他們就不說了。不過，皮皮全都告訴我了，有人說外婆已經沒有人類的思想，真的像熊一樣會咬人，說不定還會吃人。這一定是釘子傳出去的！大家都認為外婆是危險的怪物，甚至也有些怕我。」

這種感覺真討厭。柚子在校成績中等，在家還算機靈、活潑，一出門就變得文靜又有規矩。她沒有結交到多少朋友，應該也沒有人特別討厭她。也就是說，柚子是一個非常普通的學生。

柚子本來就不喜歡出風頭，不願意惹人注目，寧願把自己藏在人群中。可是，現在全班共有四十五個同學，柚子獨自一人被貼上了「外婆是熊」的標籤，其他的四十四個人站在一起，他們的外婆全是正常人。就像油無法溶解在水裡，柚子覺得她再也無法融入同學之中。

「你別想太多，說不定是你的錯覺。再過幾天就好了，大家會習慣的。」媽媽說。

習慣，習慣，慢慢習慣。除了這一句，媽媽還能說出什麼來？柚子沒再繼續對媽媽抱怨，只是咬了咬嘴唇。大人永遠不明白小孩子的事，他們認為小孩子沒有資格擁有煩惱。

柚子回到房間裡，開始寫作業。沒過多久，媽媽的聲音從隔壁傳來：「柚子，哈密瓜在你那邊嗎？」

「沒有。」

「那他去哪裡了？哈密瓜——」

哈密瓜沒有回答，柚子這才發覺有些不對勁。以前每天回家時，哈密瓜總會躲在門背後，等著柚子去找他。

可是今天到家時，哈密瓜只是一個人坐在沙發上，手裡拿著他的玩具士兵，皺著眉頭、圓睜著眼睛，像在思考很重大的問題。那種故作嚴肅的表情可能是跟爸爸學的。

柚子和媽媽找遍了家中所有的角落，也沒發現哈密瓜，他們又出門找遍了整棟樓，還找遍了以這棟樓為中心的區域。如果時間足夠，他們可以找遍整個園口鎮。

爸爸也從店裡趕過來，說道：「他會不會是去了外婆那裡？」

「我也這麼想過，剛剛我告訴他今天不去外婆家，他一直在生氣。可是我給我媽打電話，她也沒接。」媽媽的眼淚又湧了出來。

「你別著急，我給唐大哥打個電話。」

爸爸掏出手機聯繫外婆的鄰居唐叔叔，沒說幾句話便掛斷了電話，說：「唐大哥看到了哈密瓜，他一個人去了外婆家，現在我就過去接哈密瓜回來。楊潔，你先回家休息一下，你一著急就容易頭痛。」

門外。

「我也要去！」柚子說。

爸爸點點頭，拉著柚子的手下樓去，坐上汽車，不過十幾分鐘便來到外婆家

天已經黑了，大黃看到車燈時叫了幾聲，但是一聽到柚子的聲音便高興的甩起了尾巴。雞鴨都在院子外，院門向來是不上鎖的。柚子的爸爸推開院門，雞鴨慢慢走進去，回自己的窩。

爸爸撥通外婆的電話，鈴聲從屋子裡傳出來。柚子趴在窗臺上，看到了外婆那放在飯桌上的手機。

「外婆去哪裡了？」柚子說。

「走，我們再去問問唐叔叔。」

爸爸拉著柚子穿過竹林和馬路，來到唐叔叔家裡。

「哈密瓜是一個人來的，我還在想是怎麼回事呢，怎麼沒見到柚子。後來，

他好像和李婆婆一起往山坡上跑了。現在還沒回來嗎？」唐叔叔說。

柚子和爸爸像一陣旋風似的離開唐叔叔家，穿過外婆的菜園，奔到小山坡頂上，朝著四面八方呼喚外婆和哈密瓜。高處開闊，父女倆的聲音傳得很遠，可是並沒有得到外婆或是哈密瓜的回應。

他們只好返回外婆家，坐在門前的臺階上靜靜等待。天空中綴著一顆孤獨的星星，特別大、特別亮，緩緩移動，應該是飛機吧。

大概半個小時後，哈密瓜和外婆終於回來了，他們興奮又激動，像是剛剛逛完遊樂園。

「你們去哪裡了？」爸爸問。

「哈密瓜想去探險，我就帶他到附近山上玩。他不停的說著柚子帶他去過哪裡、做過什麼，我聽了都覺得很有趣，怪不得你們兩個總是不願意待在家裡！柚子，下次你別背著我和哈密瓜跑那麼遠，也叫上我一起吧。」

「不要。」柚子小聲說。

外婆的聽覺似乎比往常敏銳，她聽到了柚子的話，轉頭望著她。

哈密瓜也有一肚子的話，不吐不快，於是大聲說道：「我們還碰到兩個偷雞賊，他們偷了一群小雞仔，雞媽媽急得直撲翅膀。我和外婆聯手把他們嚇跑了，把小雞奪了回來。」

「不過那兩個賊也很厲害，我們一直追著他們跑遍了好幾座山，所以天黑了才回來。」外婆補充道。

哈密瓜很喜歡編故事，你讓他獨自出門五分鐘，他回來時就能告訴你一個他如何英勇打敗壞蛋的冒險故事。因此，柚子心裡明白極了，這不過是哈密瓜編的一個故事，但是，外婆竟然會順著他的故事一起玩？他們不會真的一直在山上抓根本不存在的偷雞賊吧？

「媽，哈密瓜一個人跑來了，你至少應該給我們打個電話，我們都很擔心的啊！」爸爸說。

「確實如此，可是我忘了！」外婆哈哈大笑起來。

「下次不要這樣了。」爸爸的語氣依然很溫和，他脾氣好，很少大聲對人說話。

說完，他拎著哈密瓜的書包走向汽車，是時候回家了。不過，外婆叫住了三個人，說：「你們今天就住在我家吧。」

「楊潔很擔心哈密瓜。」爸爸說。

「給她打個電話不就好了？我活了六十多，難道還照顧不了一個小孩？」外婆說，「你們必須留下來，至少得留下來一個。今天白天我找出一部老電影，恐怖片，重溫了一下，晚上不敢一個人留在家裡。」

「媽，你不要說這種小孩子的理由。」爸爸哭笑不得。

「那不如這樣吧，我今天去你們家住，明天早上你再把我送回來。」

爸爸沒有反對，外婆急忙跑回房間裡收拾好盥洗用品，率先鑽進車裡。見她坐在副駕駛座上，柚子鬆了一口氣，因為這樣一來，她就不用和外婆一起坐在後排。

現在的她還不太願意與毛茸茸的熊外婆靠得太近。

大黃被留在屋裡，牠在窗戶邊叫個不停，彷彿在說：「我也要一起去！」

汽車駛過外婆家後面的小山丘之後，就聽不到大黃的聲音了。

月亮還沒爬上來，天空昏暗，不過依然能看清事物的輪廓。一個揹著背簍的身影從馬路邊走過，可能是剛剛從田地裡幹完活，正要回家去的人。

鄉村公路繞山而行，時上時下，左拐右拐。柚子一直不喜歡汽車裡的氣味，坐車的時間長了，她便會覺得噁心、想吐。哈密瓜完全不一樣，他最喜歡乘車，甚至覺得汽車排出的廢氣聞起來都很舒服。這時他就在柚子旁邊，兩隻小腳晃來晃去。

「哈密瓜，你的鞋子呢？」柚子問道。

「我剛剛出去玩的時候覺得腳熱，就脫下來了。可是，我忘記放在哪裡了。外婆，你知道嗎？」

「讓我想想。」副駕駛座上的外婆說，「陳光，你到路口的時候左拐，哈密瓜的鞋子就在路旁的池塘邊上。」

爸爸開著車來到指定地點，並沒有看見哈密瓜的鞋子。他又繞著池塘轉了一圈，還是什麼也沒發現。

「沒關係，明天我到山上找一找。」外婆說。

「最好找不到，反正我也不想穿。」哈密瓜說。

爸爸繼續開車前行，誰也不覺得奇怪，因為這樣的事情已經發生過好多次。哈密瓜特別討厭穿鞋子，每天他穿著鞋子出門去，不到一個小時就會把鞋子脫掉，不一會兒便要四處尋找鞋子。不過，柚子心裡還是有些擔心，因為這次哈密瓜弄丟的那雙鞋是不久之前才買的，還挺貴的。這樣、那樣的事情一起湧過來，媽媽一定會大發雷霆。

出乎意料的是，媽媽並沒有發火，但是她看外婆的眼神冷冷的，家裡的氣氛異常緊張。柚子只顧低頭扒飯，根本沒時間細嚼慢嚥，扒完飯，第一時間逃離了這恐怖的飯桌。

她回到自己的房間裡繼續寫作業，又看了一會兒課外書。這時候她聽到開門的聲音，接著是輕輕的腳步聲，沒過一會兒，哈密瓜來到柚子身邊，他把腦袋擱在桌面上，一臉茫然的看著柚子的書。

「全是字，沒有圖畫，一點兒也不好看。」哈密瓜慢吞吞的說。

「等你認識字了，就會覺得有字的書更有趣。」

哈密瓜沒再繼續這個話題，又說：「我要睡覺了，外婆要給我講故事，姊姊，你要不要聽？」

「不要。」

「外婆要講她為什麼會變成熊，你也不聽嗎？」

柚子沒有回答，放下了手中的書。

第四章

地底世界

「『恨不得找個地洞鑽進去。』當大家覺得丟臉的時候，總是喜歡這樣說。這句話並不是沒有根據的，因為，真的有一個地底世界——」

「外婆，你不是要講你怎樣變成熊的嗎？」哈密瓜打斷了外婆的話。

「不要著急，馬上就要講到那裡了。大概兩個星期前的某一天，半夜裡，大黃突然汪汪叫，把我吵醒了。我起床後看到大黃一直蹦來跳去，想要去屋外，好像外面有什麼可怕的東西。

「我從窗戶望出去，看到一個孩子的身影。在那個小孩前面有一團紅色的火焰，像是在給他帶路。太詭異了！雖然不知道那是誰家的小孩，但是我不能放著這樣的事情不管，所以就拿起拐杖追了出去。

「我走近那個小男孩，無論怎樣喊他，他也不答應，讓他停下來，他也不理我，像是著了魔。

「我抓住他的手臂強迫他停下，那個小男孩馬上變得焦躁不安。這時，那團火焰圍繞著我飛來飛去，一會兒上，一會兒下，很著急似的。我拿起拐杖想趕走火焰，可是它比我這樣的老人家機靈多了，我老是打不中。

「就在我累得直喘粗氣時，那個小男孩突然咬了我一口，我疼得鬆開了他，他又繼續跟著火焰往前走。去年，我家附近有一戶人家丟了一個小丫頭，我心想，當時那個小姑娘不會也是被這團火焰帶走了吧？我——」

「你在騙人！」柚子說。

「你先聽我說完好嗎？柚子，以前聽故事你總是最認真的，現在習慣變壞了。」外婆輕輕歎了一口氣。

「剛剛說到哪裡了？對了，我跟著那個男孩，想看看火焰最後會把他帶去哪裡。走啊走，沒過多久竟然來到一個奇怪的地方。在那裡，地面突然裂開，火焰鑽進裂縫裡，小男孩也跟著一腳踏進去。我伸手要拉住他，結果和他一起掉了進去。

「四周一片漆黑，不過，我還是能看到那團火焰。大概過了三分鐘，黑暗消失了，我們落在一片青草地上。天空藍藍的，陽光明媚，根本不像在地底下。火焰繼續帶路，我也繼續跟著。

「我們離開青草地，穿過一大片森林，走過一條長長的、彎曲的木橋，來到一座宮殿前面。那座宮殿富麗堂皇，就像皇宮一樣。

「火焰帶著小男孩進屋去，我也準備跨進小門裡，突然，鑽出來兩個士兵攔住了我。

「『這兒不歡迎地上的人類！』一個士兵說。

「『那個小孩也來自地上。』我解釋道。

「『他不一樣，地上的大人一無是處，但那個孩子是紅大人的貴賓。』」

「紅大人是誰？」哈密瓜問。

「她就是那座宮殿的主人。」外婆回答。

「她總是穿著紅衣服嗎？」柚子問，「還是說，她的頭髮是紅色的？皮膚是紅色的？她是不是會吐火？那團火焰是不是她吐出來的？」

「你別著急，等我講到紅大人出場時，你就明白了。」外婆說。

「我感覺那座宮殿裡散發出罪惡的氣息，無論如何都想要進去。我繞著宮殿的圍牆走，心想，說不定哪裡有個缺口能讓我鑽進去。這時候，一支掃把突然從角落裡跳出來，停在我面前，接著，它對我說話了：『老人家，你這樣走來走去，永遠也進不了宮殿。』我問它該怎麼辦，掃把說，它在一道小門旁邊工作，負責打掃環境，它可以幫我帶路。

「『不過，你現在的模樣太顯眼，就算進去了，也會被轟走，因為你完完全全是一個人。除了被紅大人綁架來的小孩，我們這個世界沒有人類。』掃把說。

「我想到剛剛那兩個士兵，他們長得像是兔子，而路上遇到過的幾個居民，也全都奇形怪狀，有的像牛，有的頭上長著一朵花，有的像茶杯。於是我問掃把，要怎樣才能讓自己不這麼引人注目，然後，它提出——」

「它讓你變成一隻紫色的熊？」哈密瓜興奮的打斷了外婆。

這也是柚子的想法，但是外婆搖搖頭，說道：

「還沒那麼快呢。掃把告訴我，它有一個朋友可以幫我，那是一隻飛來飛去的鼻子，它總是喜歡亂跑，結果丟了自己的主人，它很願意暫時在我的臉上歇一歇。

「那是一隻大大的鼻子，不像是人的，也不像我所知道的任何動物的。它趴在我的臉上，快把我的整張臉都遮住了！我馬上變得怪模怪樣的，然後順利的從小門走進宮殿裡。掃把讓我當它的同伴，於是，我提著一桶水和掃把一起去打掃宮殿。

「很快的，我們來到了紅大人的花園，那裡種滿了我從來沒見過的花草樹木，非常美麗。花園的正中央有一間巨大的玻璃溫室，裡面傳來隱隱約約的歌聲。那是紅大人的祕密房間，她從來不讓其他人進去，打掃的人也不行。不過，裡面有什麼我能看得清清楚楚，那是一整屋子的蘑菇，大大小小，花花綠綠。還有好多個小孩坐在蘑菇上，唱著古怪的歌謠，我跟著的那個小男孩也在裡面。

「掃把告訴我，那些孩子全都來自地上的世界，他們會一直不停唱歌，直到他們嗓子啞了，或是暈了過去。之後他們會被送回地面，許多孩子會大病一場，有些甚至會一直生病，再也無法恢復健康。他們的歌聲會變成養分，讓那些蘑菇不停生長，而最後紅大人會把這些蘑菇吃掉，讓自己永遠年輕，永遠充滿活力。

「掃把還說，我救不了那個小男孩，救不了任何一個人，因為紅大人法力無邊，我最好還是回去。可是，我怎麼能看著小孩子受苦呢？我向掃把道謝，讓它先離開。我得慢慢想辦法救那些小孩。」

「不要慢慢想，要快快想！」哈密瓜擔憂的提議道。

「可是，外婆老了，腦子已經沒那麼靈活，沒辦法快速想到一個好辦法。」外婆說。

「掃把為什麼要幫你呢？」柚子問。

「你別著急，後面我會講到的。」

「因為你現在還沒想好理由，所以才這樣說，對吧？」柚子道。

以前也出現過類似的情況。外婆一邊編故事一邊講，柚子總會提出一大堆問題或是找到漏洞，每當這時候，外婆便會說「你別急」，然後繼續講，並且想好理由自圓其說。

「外婆現在不是講沒有發生過的故事，是她經歷過的事，這和我們在山上抓偷雞賊不一樣！」哈密瓜爭辯著。

「哈，你承認你抓小偷是假的了！」柚子說。

哈密瓜斜著眼睛看著柚子，嘟著嘴。他覺得不好意思時，總喜歡扮出這副怪模樣。柚子不再繼續追問他，他年紀還小，根本不是柚子的對手。

「你們倆到底還想不想聽我講完？」外婆試圖把話題拉回正軌。

柚子和哈密瓜的目光齊齊轉向外婆，姊弟倆都使勁點點頭。

外婆咧嘴笑了起來，此刻的她雖然一臉毛茸茸，但和人類的差別並不大。一開始，柚子還站在窗戶邊，刻意與外婆保持距離。這時候她發現自己來到了床前，離外婆不過二十公分遠——柚子悄悄的後退了兩步。

「玻璃溫室旁邊有一個池塘，池塘邊有一座漂亮的假山。我從假山下抱起一塊大石頭，用力的砸玻璃門，沒想到那玻璃比鋼筋還要堅固，害我差點閃了腰！掃把還在旁邊，它一個勁的勸我不要衝動，要我和它一起走，它會送我安全離開。不過，我算是和那玻璃門槓上了。就在我正準備找一塊更大的石頭時，一個穿著紅衣服的年輕女人突然出現在我面前，那就是紅大人。

「紅大人就像是神仙，她伸手一指，我眼前的石頭就炸開了，嚇得我的心臟差點停止跳動。她的眼珠子也是紅色的，她看著我，我忍不住渾身發抖，真想轉身逃跑。

「可是我又想，我已經活了六十多年，還能活幾年呢？有什麼好害怕的呢？

可是那些小孩不一樣，他們有的和柚子差不多大，有的比哈密瓜還要小，他們的人生才剛剛開始！

「於是我勇敢的面對紅大人，請求她放了那些小孩。我對她說，如果她不嫌棄，我會留在玻璃屋，接下來的日子裡，天天替她唱歌養蘑菇。但是紅大人說，大人的歌聲不夠乾淨、不夠動聽，沒辦法讓蘑菇生長。

「紅大人出現時，掃把就嚇得躲得遠遠的了。那個鼻子也害怕極了，馬上從我臉上逃跑了。紅大人認出我不是地底世界的居民，更加生氣了，還伸手指著我。我心想，完了！我馬上就會爆炸了！可是過了一會兒，我發現自己還活著，完好無損，但是心裡很難受，像有一大堆柴火在燃燒。

「我跑到池塘邊，也顧不得水是不是清潔的，一口氣喝下好多，但心裡的火依然燒得很旺。突然之間，我好像擁有了巨大的力量，腿腳也變得靈活了。於是我撲向紅大人，和她打了起來。可是，就算我力氣再大也不會法術，很快就會失敗。

「當我們打成一團時，我不小心扯下了紅大人戴在脖子上的玉珮。『快把它還給我！』紅大人的臉色變得很可怕，聲音很焦急。

「我馬上明白了，這玉珮對紅大人來說非常重要，它要麼很值錢，要麼擁有巨大的力量。紅大人想要奪回玉珮，我當然不能讓她得逞，於是順手把它扔進了池塘裡。

「紅大人哇哇大叫著撲向池塘，可是剛來到池塘邊，她就『砰』的一聲倒下了。她的四肢扭來扭去，看起來好像很難受。過了好一會兒紅大人才安靜下來，然後她消失了，地上只剩下那身紅衣服。我走上前去，看到一隻小老鼠從袖子裡鑽出來，逃進草叢裡。」

「紅大人變成老鼠了嗎？」哈密瓜圓睜著眼睛問。

「是的。」

「那是因為，玉珮是她的力量來源，沒有了玉珮，她就不能變成人了。」柚子補充道。

外婆點點頭，繼續說：「之後，紅大人的士兵來了，可是他們並沒有抓住我，把我關進牢裡，而是把我當成大英雄。原來這位紅大人非常殘暴，大家一直敢怒不敢言。掃把決定幫助我，也是因為受到紅大人的壓迫，想透過這樣的方式偷偷反抗她。

「我也高興極了，不過，馬上便發生了一件不幸的事，我竟然變成了一隻紫色的熊。」

「因為紅大人伸手指了你一下，那時候她對你施了法術？」柚子說。

「沒錯。大家找遍了池塘的每一個角落，也沒找到玉珮，所以我只好以熊的樣子，帶著玻璃屋裡的小孩們回到地上的世界。現在，他們一定都在自己家裡，正準備睡覺呢。」

像是故意配合外婆似的，哈密瓜打了個呵欠。外婆輕聲說：「睡吧。」

哈密瓜順從的閉上眼睛，外婆替他蓋好被子。

「哈密瓜信了，但我不相信。」柚子小聲說。

「因為你是大孩子了。」

「不過，這個故事講得很好，比我在書上看到的好。」柚子說，「還有一個問題，外婆。你們村子裡失蹤的那個小孩，她在地底的世界嗎？」

「不在。」

「那她去哪裡了呢？」

「不知道。這個世界上有許多可怕的東西，對小孩來說尤其多。」

「所以爸爸、媽媽才會整天擔心我和哈密瓜遇到危險，連我們過馬路都不放心！」柚子想了想，聲音更低了，「外婆，你什麼時候才能變回來呢？」

「你覺得以前的我更好嗎？」外婆問。

「當然。」

外婆輕輕歎了一口氣，自言自語著：「如果現在的我——」外婆突然停下不說了。

「現在的你怎麼了？」柚子追問道，她最討厭聽到半句話。

「沒事，你也快去睡覺吧！明天還要上學。」

柚子回到自己的房間裡，在床上躺好，閉上眼睛，嘴裡念叨著「如果現在的我」，絞盡腦汁想要把缺失的部分補完整，不過，很快她就睏得放棄了思考。半睡半醒之間，一個念頭突然蹦進柚子的腦袋裡：如果剛剛的故事是真的，那該多好啊！外婆是個大英雄的話，那她變成了熊，也不是一件丟臉的事情了。

接著，柚子便一蹦一跳的進入了一個輕盈、美妙的夢裡。

柚子走在一片陽光燦爛的青草地上，一陣風吹來，她踮起腳尖，張開雙臂飛了起來。她像小鳥一樣輕盈，時而飛得快，時而飛得慢，時而飛得高，時而飛得低。她飛過綠油油的稻田，飛過重重疊疊的高山，飛過廣闊、平靜的海面，最後飛向湛藍、高遠的天空。

突然之間，一雙無形的大手抓住了柚子的腳踝，把她扯回地面。柚子驚醒過來，想要上廁所。

從廁所出來之後，柚子終於完全走出夢境，明白自己根本飛不起來，她的心裡充滿了惆悵。

窗外傳來沙沙的響聲。柚子生活的地方，每到春天時，夜裡總會下雨。柚子打開窗戶，風就帶著雨絲撲到她的臉上。

柚子家的客廳面朝學校，夜空中沒有星星，也沒有月亮，但她依然能夠看清遠處那教學樓的輪廓。

學校與柚子家之間是一條老街，那裡的房屋低矮，屋頂上鋪著整齊又好看的青色瓦片。街上沒有路燈，黑漆漆的。

惆悵散去，柚子的心裡又湧起一種更加奇怪的感覺，她擔心這個世界上的一切都在沉睡，只有她還醒著，獨自一人。

柚子害怕起來，急忙往自己的房間走，這時，她發現隔壁房間還亮著燈。外婆就睡在這個房間裡，她為什麼不關燈呢？

「一定是因為白天看了恐怖片，晚上害怕吧。」柚子心想，「大人多好啊，想做什麼就做什麼。換作是我不關燈，一定會被媽媽罵。」

房間裡傳來窸窸窣窣的聲響，柚子馬上回到自己的房間裡，躲進被窩中。她聽到開門聲，外婆出來了，應該也是要上廁所吧？她是什麼時候回來的呢？柚子不清楚，因為她很快就又睡著了。

第五章

理由

外婆為什麼會變成熊呢？

柚子開始認真思考起這個問題來。她問過媽媽，外婆的父母、祖父母、曾祖父母、高祖父母，全都是正常人，從來沒聽說過某個祖先也曾經變成熊或是其他動物，所以，應該不是遺傳的原因。

「有人說，外婆可能是犯了什麼大錯，所以上天讓她變成熊來懲罰她。」柚子小心翼翼的說。

「誰說的？」媽媽提高了聲音。

「段飛雨。她說，她家的大人都這麼想。」

「她家裡的大人是腦子有毛病吧？外婆如果真是犯了什麼罪，自然有法律懲罰她，什麼老天爺？這都是哪個時代的想法？再說了，我活到快四十歲，從來沒見過比外婆更善良的人了！就算現在變成了熊，有些孩子氣，但是她也沒做什麼壞事呀！柚子，你可別信這樣的蠢話！」

柚子當然不信。實際上，當她聽到段飛雨說這樣的話時，氣得頭髮都快豎起來了，還差點和段飛雨打一架，不巧的是，上課鈴聲響了。

「可能對於外婆來說，身為人太辛苦了。」媽媽又說。

「為什麼辛苦呢？」柚子十分疑惑，「外婆不用上學，也沒有大人成天管著她，可以想看多久電視就看多久電視，想幾點睡覺就幾點睡覺，想賴床就賴床，想把錢用在什麼地方就用在什麼地方。如果我能過上外婆那樣的生活，我一定高興得會從夢裡笑醒呢！」

媽媽噗哧笑了起來，捏捏柚子的臉蛋兒，說：「你現在還不明白，這個世界上有很多艱難的事情。」

「比如說呢？」柚子問。

「比如說，媽媽小時候，我們家很窮，外公的身體很不好，一年到頭都得吃藥，家裡整天飄浮著藥味。也是因為這樣，田地裡的活兒與家裡的活兒，幾乎都是外婆在做。而且，我們很少有機會買肉吃，就算是買了肉，外婆也總是先讓我和你外公吃，她自己吃得最少。唉，那時候要維持一家人的生活太難了，她真是太辛苦了。」

「可是，那都已經是過去的事情了，現在外婆不用那麼辛苦，為什麼反而不想繼續當人，要變成態呢？或許不是以前過得很辛苦，應該是現在過得不開心，所以外婆才不想繼續當人了。」柚子的腦子裡突然冒出一個悲傷的想法，「可能是外婆不喜歡我們了？」

「不會的，我們每次去外婆家，她不是都非常高興嗎？」

「那就是除了我們之外，再沒有其他能讓外婆高興的人或是高興的事情吧？」柚子繼續推理，像電視劇裡的偵探那樣，若有所思的摸著下巴。

「算了，不說了，你就是會鑽牛角尖。」媽媽道。

每次她說不過柚子時，總喜歡這樣結束整個話題。柚子高興極了，認為自己又一次戰勝了她的媽媽。

外婆吃完了所有的藥，可是依然沒有好轉的跡象，於是柚子的父母陪她去大城市的大醫院做檢查。

奶奶暫時來柚子家裡住幾天，照顧柚子和哈密瓜。

柚子問奶奶：「你覺得我外婆為什麼會變成態？」

「她的個性太軟弱，像林黛玉一樣多愁善感。以前你外婆家養了一隻大黑狗，有一天，牠突然死了，你外婆至少難過了兩個月。當年你外公過世，過了好幾年她依然死氣沉沉的，有事沒事就哭，整天眼睛都是腫的。那時我就不斷提醒她，要堅強一點兒，多看看生活中美好的東西，不然總有一天會害了自己。現在看看，果然！」

「真的嗎？」柚子問。

「這也不是唯一的原因，可能也和生活習慣有關。你外婆是個怪人，不喜歡吃肉，炒菜也不怎麼放油。我們都是農村人，整天幹體力活，不吃肉怎麼有力氣？所以啊，要治好她的病，哪需要什麼醫生，她只要多吃點肉，看點好看的電視劇，聽點歡樂的歌，讓自己高興一點兒，很快就能恢復原樣！」

柚子覺得奶奶在胡說八道。這個世界上有好多素食主義者，難道他們都有變成熊的危險？再說了，自己家養的狗死了，難道不該難過嗎？柚子光是想到大黃死了，心便揪成了一團。外公死了，外婆當然更難過。不過柚子並沒有見過外公，他在柚子出生之前就離開了人世。

「你的說法是不對的，我覺得——」

柚子來不及糾正奶奶的錯誤想法，因為哈密瓜回來了，他剛剛一直在樓下和小朋友玩。上午下過雨，地上積了不少水，哈密瓜的兩隻鞋都濕透了。

「哎喲！你在做什麼？」奶奶拋下柚子，奔向哈密瓜，讓他趕緊把鞋脫下來。他一定是踩水玩了。

奶奶的聲音很宏亮，她的嘴巴又一直停不下來，同樣的事情翻來覆去的說。柚子不太喜歡上學，不過更討厭待在家裡聽奶奶嘮叨。三天之後的早上，得知爸爸、媽媽和外婆下午就能到家，柚子鬆了一口氣。

放學後，柚子興沖沖跑回家裡，她期望能夠看到變回正常模樣的外婆，但依然只看到一隻紫色的熊。

熊外婆和媽媽坐在沙發上，哈密瓜擠在她們倆之間。三人圍在一起看著什麼東西。抽屜打開了，那裡放著相簿與重要的證件。

大家應該是在看照片吧？柚子跑到媽媽旁邊，這才發現大家正盯著一本打開的作業簿，柚子認出了自己的字跡，一把搶過本子。那是她幼稚園時的本子，打開的那一頁上面用水彩筆畫了畫，下面還寫了三行鉛筆字。

「你們怎麼能隨便看我的東西？隱私呢？我的隱私！」柚子大聲嚷嚷道。

「我剛剛在櫃子底下找出來的，說不定是你自己扔進去的。」媽媽說。

「我故意藏在櫃子底下，讓誰也找不到的！」柚子嘴硬說道。

「我長大以後想要學會魔法，像鳥兒一樣飛來飛去。」哈密瓜一字一頓念著，這都是柚子寫在作業簿上的話，好多字不會寫，都用注音代替。

「柚子小的時候老是吵著要學會飛翔，還纏著我找個老師教她呢。」媽媽笑了起來，目光轉向外婆，「有一段時間，媽，你去你姊姊那裡，我記得好像待了兩三個月，柚子整天說很想念外婆，要飛到你身邊去。」

「我才沒有！」柚子氣急敗壞。

「哈哈，不好意思了。」媽媽繼續打趣的說。

「柚子的夢想很了不起。」外婆說。

「我早就不那麼想了！這個世界上根本沒有魔法，沒有人能夠像鳥兒一樣在天空中飛，我不是彼得・潘，也不是小飛人卡爾松！」

柚子漲紅了臉，拿著本子奔回自己的房間，把它收進抽屜中。等到她再次出來時，看到外婆正準備離開。

「柚子，你好好在家，看著點哈密瓜。」

媽媽把外婆送下樓，過了大概二十分鐘才回來，柚子迫不及待的問道：「醫生是怎麼說的？」

「沒說出什麼名堂，醫院也沒辦法，說是從來沒有治療過這樣的病人。不過，他們好像聽說過有人和外婆得了相似的病。」

「那些人也變成了熊？」

「不知道，」媽媽搖搖頭，「聽醫生說，好像有人的頭髮突然變綠了，還有人突然長出翅膀，或者是皮膚變了顏色，大概是『變形症』吧。他還說，有一位專家一直在研究這種病，已經讓好多人恢復正常。醫生給了我們那位專家的聯繫方式，但是——」

「怎麼了？」柚子問。

「外婆不是很想去。她說再也不去醫院了，因為討厭大家把她當成怪物對待。我們回家的路上還吵了一架。」

「以前你和外婆從來不吵架。」

「對啊。」媽媽輕輕歎了一口氣，「從我懂事開始，外婆一直是一個非常溫和的人，別說吵架，她甚至很少大聲和人說話。這次生病之後，她的性格全變了，不再是我熟悉的那個人。我會慢慢想辦法說服外婆，等到她變回本來的樣子，個性也會恢復正常吧？」

「一定會的！」柚子故意大聲說道。她能夠感覺到媽媽有些難過，希望用這樣的方式給媽媽一些安慰。

柚子一家不再每天去外婆家，因為外婆覺得太麻煩。不過，外婆精力旺盛，異常活躍，所以，常常會出現在大人、小孩的談話裡。她不再像往常一樣，總是待在家裡種菜、種花、養雞，而是每天翻山越嶺，四處閒逛，恨不得能在天上留下腳印。

柚子覺得外婆的一天可能擁有四十八個小時，所以她才能做那麼多事情，這一秒在東邊，下一秒便去了西邊！

變成熊之前，外婆就是一個熱心的人，方圓數里的人也說不完她的好話。

柚子聽過不少外婆的善舉，比如，她年輕時，雖然自己家吃不飽，也要接濟更窮困的朋友；比如，外婆家是村子裡第一戶買電視機的家庭，她熱心的讓所有人都到她的家裡看電視，屋裡、屋外總是擠得滿滿的；比如，親戚、朋友忙不過來，沒時間照顧孩子，外婆就讓那些大大小小的孩子待在自己家裡，和柚子的媽媽一起玩。

現在的外婆，與其說是熱心，不如說是好管閒事。她到別人家裡串門，只要見到不順眼的事情，總是忍不住說出來，所以大家對她頗有微詞。偏巧最近學校的生活太平靜、太無趣，熊外婆便一直是大家課後閒聊的主題，柚子也跟著受到許多關注，算是個名人。

柚子是一個機靈、敏捷的小姑娘，跑得快，跳得高，可是她十分靦腆。平常的日子裡，哪怕是老師點名讓她回答問題，哪怕她知道正確答案，說完之後她依然會滿臉通紅。

柚子總是很緊張，可是如果有人問她：「你在緊張什麼？」她卻答不出來。說實話，柚子雖然不太喜歡段飛雨，卻很羨慕她，她總是想到答案就舉手，有時候她的回答超滑稽，錯得一塌糊塗，可是她依然不害怕。她不害怕當著全校同學的面在國旗下講話，不害怕自己幼稚園寫下的夢想被別人看到，能夠和所有人打成一片。她到底是怎麼做到的呢？

柚子討厭受到太多關注，外婆變成熊還不到三個星期，柚子卻覺得像是過了三十年那麼長！

另外，雖然柚子不願意承認，但是最近她和皮皮疏遠了，放學後，皮皮不再喜歡和柚子結伴回家去。柚子老覺得皮皮好像有些害怕她，昨天下午柚子邀請皮皮到她家裡一起寫作業，皮皮也拒絕了。

星期三下午，作文課結束之後，柚子看到教室外有兩個陌生的男孩。他們探頭探腦的打量著她，嘴裡議論著什麼。柚子不用聽，也能明白個大概。她本來準

備裝作沒看見，可是其中一個男孩找柚子班上的同學向柚子傳話：「他們叫你出去一下。」

柚子起身來到教室外，瞪著眼前的男孩們。其中一個男孩皮膚漆黑如炭，另一個矮矮圓圓。

黑皮膚的男孩瞅著柚子，惡聲惡氣的說：「你回去跟你外婆說，不要管我家的事！」

「我外婆做了什麼？」柚子問。

「我沒必要告訴你，你把我的話告訴你外婆就行了！」

「不要！你有本事就當面對我外婆說！」

柚子轉身回到教室裡，那個男孩還在大聲嚷嚷，聽得柚子心驚膽戰，真怕他衝進教室裡揍她。他可比柚子高半個頭啊，看起來也強壯多了！沒過一會兒，上課鈴聲響了，他們終於離開，柚子也鬆了一口氣。

恐懼從心頭散去，憤怒便湧上來填補空位。柚子說不清楚她是生那個男孩的氣，還是生外婆的氣。幸好這一節是美術課，可以打混一下。柚子一直埋頭在圖畫本上，不停畫啊畫，根本沒聽老師都講了些什麼。她覺得自己心裡像是有一道瀑布，不斷轟響，水花飛濺。柚子以前從來沒有這樣的體驗，她手足無措。

美術課結束後，柚子離開座位去上廁所，這才發現外面下雨了。

放學後，柚子收拾書包下樓，來到教學樓門口，雨不僅沒停，還越下越大。好多同學和她一樣沒帶雨傘，都翹首盼望著家裡的人送傘來。柚子站在角落裡，盡量不引人注目，可是很快的，便有人時不時把目光投向她，還說到了「熊」字。柚子奔到門口，看到了撐著彩虹大傘走過來的外婆。

外婆身邊還有一個穿著藍色雨衣的小孩，那是哈密瓜。外婆正東張西望努力尋找柚子的身影，此時的柚子恨不得有一個地洞讓她能夠鑽進去，哪怕是掉進地底王國，一生給紅大人唱歌養蘑菇，她也心甘情願！

哈密瓜眼尖，馬上看到了柚子，便高聲叫著：「姊姊——」

一半的同學看著熊外婆，一半的同學看著柚子。這些目光像是膠帶一樣黏在柚子身上，讓她一步也挪不開。

外婆很快來到柚子面前，把雨傘遞給她，說道：「走吧，回家去！」

柚子低著頭，沒有說話，也沒有接過傘，她聽到雨聲嘩啦啦，和她心底的瀑布應和著。柚子衝進雨幕裡，用最快的速度逃跑了。

回到家裡，媽媽見柚子渾身濕透了，嘮叨了幾句後就把她推進房間裡，讓她趕緊換衣服，然後，媽媽拿毛巾擦乾柚子的頭髮。

「我說我去比較好，外婆說我要做飯沒空，她反正沒事，就去學校接你和哈密瓜。柚子，媽媽很抱歉。」媽媽說，「跟我說說學校裡都發生了什麼事，那些小孩對你說了什麼？」

「跟你講了又有什麼用？」柚子氣鼓鼓的說。

「我明天就到學校去找你們班導師理論，不能讓你受欺負！」

「那你能讓外婆明天變成正常人嗎？」

媽媽沒再說什麼，專心幫柚子擦乾頭髮後，便到廚房裡繼續做飯。今天的飯菜很豐盛，可能是外婆來作客的緣故。做完飯之後，媽媽把飯和菜挾進飯盒裡，送到理髮店給爸爸。等到她再次回到家裡時，外婆和哈密瓜依然沒有到家，可能又去什麼地方玩了吧。

雨停了，外婆和哈密瓜終於回來了，但是飯菜早已是冷冰冰的。媽媽熱好飯菜，外婆和哈密瓜都不客氣，像是已經一個月沒吃東西，狼吞虎嚥起來。柚子慢慢的吃，時不時瞪外婆或是哈密瓜一眼。

媽媽把今天下午那個男孩找柚子的事情告訴外婆，問道：「你又管了什麼閒事？」

「原來是那個臭小子。」外婆說，「他家養了一隻大黑狗，但是，他簡直不把狗當成生命，拿著棍子追著牠打。狗嗷嗷叫，好可憐，我當然要上前制止，並且好好把他教訓了一頓。沒想到那個娃娃看起來凶，我只是語氣嚴厲了一點兒，他就哭著回家找他媽媽去了。」

「這種事情你為什麼也要管？」媽媽說。

「我自己也養狗，當然看不下去。」外婆理直氣壯的說，「我早就該管的，不應該等到現在，那大黑狗太可憐了。」

這時候媽媽的手機響了，她到隔壁房間裡接了電話，很快就回來了。不過她的表情很嚴肅，柚子便覺得可能是大事不好了。

「媽，聽說你把幼稚園裡的好幾個小朋友嚇哭了。」柚子媽媽說。

「哎呀！我是看他們可愛，想逗他們玩玩。」

「他們自己喜歡哭，又不是外婆的錯！」哈密瓜大聲說，他嘴角的飯粒掉在了桌子上，「外婆是為了救很多人才變成熊的，她是一個大英雄！」

媽媽的眼神裡有些疑惑，不過並沒有繼續追問哈密瓜。她歎了一口氣，坐下來繼續對外婆說：「老師剛剛說了，希望你以後不要再去幼稚園。你難道不知道嗎？很多人都害怕你，請你不要再到處跑了。醫生也說了，讓你好好休養，所以，你能不能待在家裡？」

「那個醫生根本沒有半點用處，他說的話你也信？他恐怕對每個病人都會說：『好好休息，不要有壓力，健康飲食，鍛練身體。』」

「要是不想整天閒著，你不是喜歡種菜嗎？最近恰好是播種的時候吧，再不種菜就晚了。」

「蔬菜今年種不了，明年也可以種呀！我已經種了一輩子的菜，休息一年又怎樣？反正我一個人也吃不了多少，你催我去幹活，就是想讓我種菜送給你們吃吧？」

「你別不講道理，說得好像我一直在剝削你一樣！」媽媽的聲音越來越高。

「你自己知道！」外婆也不甘示弱，「你就是見不得我過得舒心快活！」

「那你知不知道我們面臨的壓力！」媽媽的眼眶紅了，「你知道平常別人都對我們說些什麼？連柚子也跟著受苦！」

「什麼意思？我只是變得像一隻熊，又不是真的熊，我咬過人、吃過人嗎？只因為我和你們都不一樣，現在我都沒資格在我生活了幾十年的地方走走，只能把自己藏在家裡嗎？」

外婆摔下碗筷，她的怒火讓皮毛的紫色更深了。哈密瓜也感覺有些害怕，他悄悄放下筷子，跑到柚子身邊，緊緊靠著她。

「你根本就沒想要變回來吧？」媽媽說，「我聽哈密瓜說了，之前在大醫院裡開的藥，你一次也沒吃，全都扔掉了！」

「我沒說！」哈密瓜緊緊抓著柚子的衣角，小聲嘀咕道。

「那裡的醫生更蠢，不懂裝懂！我吃了他胡亂開的藥，可能真的會生出什麼怪病來！我以前有事沒事都要去醫院，現在終於想明白那些醫生的手段了！今後只要不是臥床不起，我再也不去醫院了！那麼苦的藥一把把塞進嘴裡，那些醫生真以為我是老年人，嘗不出味道了嗎？楊潔，」外婆頓了頓，語氣突然緩和下來，眼睛裡像是蒙上了一層陰翳，沒了神采，「你怎麼就天天盼著我變回來？你是不是覺得我讓你丟臉了？」

媽媽的眼淚終於滾落下來，啪嗒，啪嗒，落在桌子上。她什麼也沒說，拿起筷子繼續吃飯。

第六章

櫻桃

第二天，柚子生病了。

她覺得頭重腳輕，強迫自己從床上爬起來時，感覺地面不停晃動，差點一頭栽倒在地上。好難受，但是，這樣一來可以請假，不用去學校，柚子又覺得這場感冒幫了她一個大忙。

「今天星期四，明天我一定好不了，後天放假，這樣我就有四天不用去學校了。」柚子在心裡盤算著，比過節放假還要高興。

一整天，柚子的腦袋都是昏昏沉沉的。看過醫生之後，她一直躺在床上休息，時睡時醒，分不清楚現實與夢境。有時候媽媽進來摸摸她的額頭，問她幾句，但是她不記得自己回答了什麼，也可能什麼都沒回答。

等到她再一次從睡眠中醒過來時，有一隻軟軟的、溫暖的小手正在摸她的額頭。哈密瓜就站在她的床邊，哭喪著臉，像是最心愛的玩具被人搶走了。

「姊姊，你要趕快好起來。」

哈密瓜舉起另一隻手，塞給柚子一支棒棒糖。柚子沒理會他，任由棒棒糖滾落到枕頭旁邊，翻身繼續睡。

迷迷糊糊之中，柚子感覺自己腳下踩空，打了個冷顫，她猛的睜開雙眼。柚子從床上坐起來，她的腦子比任何時候都要清醒。窗外黑洞洞的，萬籟俱寂，也不知道現在是幾點鐘。

柚子準備開燈看看時間，再喝點水，她的嗓子都快要冒煙了。她下床穿好拖鞋，剛把門打開一道縫隙，便聽到了從父母房間裡傳來的說話聲。兩人都惡聲惡氣的，應該是吵起來了。

柚子一動不動的站在原地，屏住呼吸，張著耳朵捕捉父母的隻言片語。可是她的房間與父母的房間還隔著半個客廳，又有厚實的房門阻擋，柚子什麼也沒聽清楚。

沒過多久，爭吵聲消失了。柚子沒有開燈看時間，也沒去廚房倒水喝，她輕輕關上房門，回到床上躺下，心裡難過又不安。

第二天柚子起床時，爸爸已經離開家，媽媽看起來和往常一樣。柚子餓得肚子咕咕叫，卻沒什麼胃口。但是想到昨晚的事，柚子認為自己應該表現得乖巧、懂事一些，來修補家庭裂痕，因此她強迫自己吃完了早餐。

「想吃東西了？感冒一定好了。」媽媽說著，走過來摸了摸柚子的額頭，確定她已經退燒了。

「可是我還覺得有些頭痛。」柚子說。

她本來想要咳嗽幾聲，讓自己顯得虛弱一些。可是她向來不擅長模仿，擔心弄巧成拙，被媽媽識破。也許她應該主動去學校，讓媽媽高興一點兒，只是不想去學校的念頭壓過了當乖小孩的念頭。

「我明白了，我會給曹老師打電話。你不要繼續躺著，得活動、活動身體。等我洗完衣服，你就陪我去逛逛街吧。」

一個小時後，柚子和媽媽鎖上家門，走向園口鎮的商店街。街上人來人往，可是看不到一個小孩子，柚子覺得很高興，又有些心慌，擔心自己脫離了正常九歲孩子的軌道。

琳琅滿目的商品擠進柚子的眼睛裡，就算不買，光看著也令人高興。可是她依然憂心忡忡，想要問問昨晚父母吵架的事，又不敢開口。

柚子和媽媽去菜市場買好菜後，最後來到菜市場旁邊的小鋪子，那兒是爸爸的理髮店。

從柚子有記憶起，爸爸就在經營這家店。他的手藝很好，說話風趣，待人溫和，店裡的生意還不錯，因此，他還雇用了一位理髮師傅和一位專門幫客人洗頭髮的阿姨。有時候媽媽也會來店裡幫忙。

「把柚子的頭髮修一修，旁邊全都翹起來了，亂糟糟的。」媽媽心平氣和的說。

柚子爬上椅子，看著鏡子裡的自己。她留著碎碎的短髮，因為頭髮自然捲，只要稍微長一些，就會朝著四面八方翹起來，一點兒也不聽話。柚子的媽媽也一樣，以前的外婆也是。基因的力量真強大。

柚子的思緒不禁回到前天晚上，耳邊似乎響起了媽媽與外婆的爭吵聲。最後外婆摔門離開，沒等爸爸開車送她，自己步行回家去了。

「媽媽，你和外婆和好了嗎？」柚子問。

「外婆不曉得去了哪裡，手機也關機了。」媽媽說。

「離家出走？」

「不能這樣說，外婆又不是叛逆期的孩子，她應該是出門玩去了。最近她一直在附近玩，可能覺得沒意思，想走得遠一點兒。」爸爸說，「楊潔，你也別著急，這是好事。以前哪怕是讓媽在我們家裡多待幾天，她都不願意，說是擔心她養的雞鴨，現在把牠們委託給唐大哥照顧，不是走得很瀟灑嗎？你不是也一直希望你媽過得輕鬆一點兒的嗎？」

「這件事情我們可不可以先別說了？」媽媽臉上的表情僵住了。

「好，好，我也不願意再和你吵。」爸爸說，「柚子，櫻桃正好成熟了呢！麻雀太多，如果不及時摘下來，我們連一顆櫻桃也吃不到囉！等到下午哈密瓜從幼稚園回來，我們一起去外婆那裡摘櫻桃，好不好？」

「好！」柚子使勁點點頭。

「別動，小心我把你剪成光頭！」

柚子笑了起來，故意慢慢的、輕輕的扭動脖子，讓爸爸無法順利工作。爸爸也故意裝作很嚴肅、很生氣的樣子，轉頭向媽媽求助：「快管管你女兒！」

「馬上！」

媽媽走上前來，伸出雙手按住柚子的腦袋，不讓她搗亂。大概十幾秒鐘之後，三個人都笑了。

家庭破裂的危機消除了，柚子鬆了一口氣。過了一會兒，媽媽被一位阿姨叫出去，不知道她們在聊什麼。

柚子小聲問爸爸：「昨天晚上你和媽媽為什麼吵架？是不是因為外婆？」

「你媽跟我抱怨，現在的外婆這裡也不好，那裡也不好。我覺得其實也沒她想的那麼嚴重，老人家每天過得都挺快活的，我和她聊天、聽她說話，便能感覺出來。我想讓你媽樂觀一點兒，可是她心情不好，我們就吵了起來。」

「爸爸，你不希望外婆變回來嗎？」柚子有些不高興。

「也不是，我就是覺得，你媽對外婆太嚴厲了。」

這時候媽媽進來了，父女倆的談話到此為止。

等到哈密瓜從幼稚園回來之後，一家四口便做好準備，要去外婆家摘櫻桃。

他們剛來到樓下時，柚子便看到梧桐葉從舊巷子裡走過來，梧桐葉也看到了柚子。柚子的父母很熱情的和梧桐葉打招呼，梧桐葉什麼都沒回答，也不笑，只是不停抓她的頭髮。

梧桐葉的頭髮亂糟糟的，像乾枯的稻草，柚子忍不住想：「難道她不洗頭，也不梳頭嗎？」梧桐葉總是邋邋遢遢的，而且脾氣古怪，三天兩頭便會和男生們發生衝突，甚至大打出手。

柚子還發現，梧桐葉手裡緊緊握著一把雨傘，看起來很像柚子的傘。柚子想到了關於梧桐葉的傳言，不禁皺起眉頭。

「我是來還傘的。」梧桐葉說著，把雨傘交給柚子。

「怎麼會在你那裡？」柚子的語氣硬邦邦的，像是審問犯罪嫌疑人的警察。

媽媽伸手放在柚子的肩頭，小聲又不失嚴厲的說：「柚子，和同學說話溫柔一點兒。」

「前天我在學校門口遇到你外婆，她看我沒帶傘，就把傘借給我了。」梧桐葉垂著腦袋說，「我本來打算昨天還給你，但是你沒來上課。你的感冒好了嗎？」

「好了。」柚子說。

「那就好，再見。」

梧桐葉的雙手縮進了袖子裡，轉身離去，她有些駝背，像個老人家。每次柚子看到她的背影，都想拍她一巴掌，讓她挺直腰桿。可是她和梧桐葉並不熟，所以她只在心裡想想。柚子有一段時間也彎腰駝背，結果媽媽的眼睛像是長在她的身上了，每天都要提醒柚子幾十次。梧桐葉的父母怎麼不糾正她呢？

「等一下，你喜歡吃櫻桃嗎？」媽媽突然問。

「喜歡，我媽媽也喜歡。」

「我們正打算去摘櫻桃呢！反正明天放假，你要不要和我們一起去？」媽媽笑著拉過梧桐葉，「別擔心，我有你爸爸的電話號碼，我會聯繫他的。」

梧桐葉沒有拒絕，柚子只好默默翻了個白眼，心裡抱怨著：「媽媽，難道你不知道我不喜歡梧桐葉嗎？為什麼要叫上她？」

來到外婆家門外時，柚子依然耿耿於懷。不過，看到一整樹鮮紅欲滴的果子，柚子決定暫且把不痛快拋在一邊。

外婆家有四棵櫻桃樹，最大的那棵是二十多年前外公種下的，長在外婆家東邊的山坡上，每年結的櫻桃都比其他三棵樹更大、更紅、更甜。為了防止鳥兒搶走上好的果子，外婆把被哈密瓜拋棄的充氣奧特曼當成稻草人，立在樹頂。

柚子跑到大樹下，像猴子一樣鑽進綠葉叢裡，攀著樹枝往上爬。一年之中，柚子有許多期盼的事，其中一件就是坐在櫻桃樹上，伸手便能摘下一堆櫻桃，不停的塞進嘴裡。

等到柚子爬到中途時，哈密瓜也吵著想要上樹，可是他年紀小，父母不同意，於是哈密瓜就在樹下大吵大鬧。要不是泥地太髒，布滿石頭，說不定他會躺下來打幾個滾。

「我可以到樹上摘櫻桃，再把它們扔下來。你一定要接住，好嗎？」梧桐葉溫聲細語的說，反而更像是一個姊姊。

哈密瓜似乎很喜歡有人讓他幹活，把責任放在他的肩上，便用力的點點頭。

於是梧桐葉也爬到樹上，柚子求勝心切，不願梧桐葉爬得比她高，所以就繼

續朝著上面爬。她從來沒能爬到樹頂，今天她決定挑戰一下，然後坐在奧特曼的旁邊，感謝它保衛了櫻桃。

「柚子，你小心一點兒，感冒還沒完全好呢！」媽媽的聲音從綠葉之外傳來，像是來自另一個世界。

「我知道！」

「不要摘了櫻桃就放進嘴裡，先拿下來洗一洗！」

「我知道！」

嘴上雖然這樣說，柚子卻爬得更快了。樹幹搖晃得越來越厲害，柚子有些心慌，只好放棄到樹頂與奧特曼團聚。她坐在樹枝上，伸手摘下櫻桃扔進嘴裡。梧桐葉離她還很遠，正小心翼翼抓著枝條摘櫻桃。然後她轉過身去，目光鎖定在樹下的哈密瓜身上。哈密瓜雙手抓著衣服的下襬，看來正準備把櫻桃兜在衣服裡。

從櫻桃花開放時起，柚子就盼望著櫻桃成熟，那時候她想，自己一定能一口氣吃光所有櫻桃。可是櫻桃真的成熟了，伸手便能摘到，她沒吃多少便覺得肚子飽了，而且嘴巴裡全是酸酸甜甜的味道，令她有些厭煩。柚子靈活的從樹上下來。這次，換成爸爸爬到樹上摘高處的櫻桃。

柚子回到院子裡，和哈密瓜比賽誰能把櫻桃核吐得更遠。等到柚子發現時，梧桐葉也加入了這場遊戲中，柚子突然覺得沒意思，便離開比賽現場。她跑去看爸爸摘櫻桃，發現媽媽領著一個小男孩走過來，竟然是釘子。

大黃汪汪亂叫，毫不保留的展示敵意。柚子也吐出嘴裡的櫻桃核，惡狠狠的問：「你來幹什麼？」

「李婆婆讓我來摘櫻桃。」釘子說。

「騙人！外婆才不會讓你來！」

「就是，就是，你朝外婆扔石頭耶！」哈密瓜向來是柚子的尾巴，他也跑了出來，大聲說道。

釘子看看天，看看地，看看櫻桃樹，又撓撓頭，說：「我明天再來。」然後轉身離開。

「明天也不許來！後天也不行！」哈密瓜說。

沒過多久天黑了，大家摘到了足夠多的櫻桃，便準備打道回府。

「樹上還剩下那麼多櫻桃，要怎麼辦？」梧桐葉問。

「我明天再來摘一些，不過一定也摘不完，就讓住在附近的人來摘吧！最後剩下來的櫻桃，就留給那些鳥兒。」柚子的媽媽說。

櫻桃的香甜氣味瀰漫在汽車裡，令討厭坐車的柚子也覺得沒那麼難受了。很快汽車停在巷子口，柚子媽媽又對梧桐葉說：「你要不要到我們家吃飯啊？吃完飯後，柚子爸爸會送你回家。」

梧桐葉沒有拒絕，柚子轉過頭去，又悄悄翻了個白眼。之後，柚子的餘光時不時便會投向梧桐葉，看她在做什麼。她必須留個心眼才行，班上好多同學都說，梧桐葉的手腳不太乾淨。柚子所有的寶貝都放在家裡，哈密瓜和父母珍視的東西也都在這兒，她可不願意丟掉任何的東西。幸好，梧桐葉一直坐在哈密瓜旁邊看電視，並沒有進柚子的房間。

「柚子，能不能到超市幫媽媽買一瓶醬油？」媽媽說。

「爸爸去不行嗎？」柚子說。

「小姑娘，你沒看到我正忙著當你媽媽的助手嗎？」爸爸說。

柚子故意誇張的歎了一口氣，到廚房裡找爸爸拿了零錢，直奔樓下的小商店。等到她圓滿完成任務回到家中，發現梧桐葉不在客廳看電視，而是在自己的房間裡。

柚子衝進房間，嚷嚷道：「沒有我的允許你不能隨便進來！」

梧桐葉嚇得打了個冷顫，怔怔望著柚子。

「柚子，你又怎麼啦？最近你脾氣也太大了。」媽媽進來替兩個女孩解圍，「是我讓她進來的，哈密瓜看的卡通片，你們這些大一點的孩子又不喜歡，所以，我想讓她在你這兒找本書看。真是的，你的房間裡難道有什麼寶藏，害怕被人發現？」

仔細想，柚子並沒有什麼價值連城的寶貝。可是，即使只少了一塊橡皮擦，柚子也會心煩意亂。這是她的房間，柚子希望這個房間裡所有東西都是有序的，少了什麼也不行。

當然，柚子也覺得自己說話的語氣惡狠狠的，太過莽撞，因為自知理虧，直到吃完飯時，她一直安安靜靜、老老實實的。

媽媽開始收拾碗筷時，梧桐葉也默默幫忙，就像她和柚子一家已經很熟悉似的。媽媽笑著制止了梧桐葉，說：「你就在一邊待著，我一個人忙得過來。真是個懂事的孩子，我們柚子從來不會想到幫我的忙。」

「你要我幫忙，我什麼時候拒絕過呀？」柚子不服氣的說，「你不叫我，那我為什麼要主動去做我最討厭的事？」

媽媽沒再繼續說下去，可能她感覺到柚子有些生氣。確實如此，因為柚子特別討厭父母當著別人的面把她和別的孩子做比較。

「我想回家去了。」梧桐葉說。

「你再等等，我這項大工程還沒做完。」柚子的爸爸說。他正忙著剔牙縫。

梧桐葉規規矩矩坐下來，面無表情的看著電視裡正在上演的卡通片，那是哈密瓜的最愛，但對於柚子和梧桐葉來說，確實太過幼稚。

柚子回到自己的房間裡，準備畫些畫，可是才一坐下，媽媽的聲音便從廚房傳來：「柚子，你過來一下。」

一定又要幹活，柚子歎了一口氣走進廚房，看到剛剛收好的髒碗和盤子還堆在那裡，看來那是老爸的工作。

柚子的媽媽正在清洗下午摘的櫻桃，她把一個裝滿櫻桃的大碗遞給柚子，說：「送到樓下給皮皮。」

「好。」

柚子高高興興準備下樓去。皮皮很喜歡櫻桃，吃了櫻桃，說不定她和皮皮又能變得像以前那樣親密無間。

離開家門之前，柚子發現自己房間的門沒關，又看了看梧桐葉，她像是一具雕像，不動也不說話。

「沒關係的。」柚子想，「她不會，也不敢。」

皮皮家的大門沒鎖，敞開一道縫隙，吵鬧聲從門裡傳來。柚子並不覺得奇怪，因為皮皮的爸爸、媽媽脾氣不好，隔一陣子就會吵架，有時候他們吵得太厲害，皮皮還會到柚子家裡避難。

柚子猶豫著要不要現在上門拜訪，準備轉身回去時，隱約聽到了皮皮的哭聲，又想：「大人吵架的時候最可怕了，皮皮一定也很害怕，我應該陪著她。」

柚子深吸了一口氣，輕輕敲了敲門，大聲喊著皮皮的名字。皮皮的父母吵得太厲害，似乎沒注意到柚子的聲音。這時候，柚子聽到了外婆的說話聲，她有些吃驚，直接推門走進去，慢慢靠近聲音傳來的地方，也就是皮皮父母的臥室。

「你是腦子有病還是怎樣？自己變得人不人、鬼不鬼，還來管別人家裡的事！請你出去！」這是皮皮媽媽的聲音，她應該是在對外婆說話。

柚子沒有聽到外婆的回答。突然，「砰」的一聲，像是有什麼東西掉落在地上。

「皮皮！」皮皮媽媽的聲音更尖、更細了。

柚子闖進皮皮父母的臥室，看到皮皮的爸爸、媽媽正蹲在地上，她的媽媽把皮皮摟進了懷裡。手足無措的外婆就站在旁邊。

柚子走上前去，才發現皮皮的額頭磕破了，雖然流血不多，但像座小山那樣高高腫起。

「皮皮，你沒事吧？」柚子問道，她的眼淚流了出來。

皮皮沒有回答柚子，哇哇大哭起來。皮皮的爸爸抱起皮皮出門去，要送她去附近的小診所處理傷口。柚子也跟了出去，看著皮皮媽媽鎖好門，而皮皮的爸爸已經下樓了。

「李婆婆，現在你滿意了吧？」皮皮的媽媽下樓前，惡狠狠的說。

外婆什麼也沒說。柚子這才發現，自己依然把裝櫻桃的碗抱在懷裡。

柚子的父母聽到了聲響也出門來，停在樓梯轉角處。

「發生什麼事情了？」柚子的媽媽問。

「沒什麼。我本來準備去你家，經過這兒時剛好皮皮從屋裡走出來，眼睛都哭腫了，原來是她爸媽在吵架。我就想進去勸勸架，沒想到兩口子突然把我當成敵人，我當然要據理力爭。皮皮媽媽想把我推出門，哪知道皮皮就在旁邊，我不小心撞了她一下，她的頭碰到了櫃子邊緣就腫起來，傷口很淺，應該沒事的。」

外婆伸手拍了拍柚子的肩膀，「你別擔心，柚子。糟了，我買的東西還在皮皮家裡面！」

柚子伸手挪開外婆的手，抬起頭來瞪著她。

「怎麼，生氣了嗎？」外婆問。

怒火湧上心頭，柚子大聲說道：「你為什麼就不能像正常的外婆那樣呢？你為什麼要變成熊呢？」眼淚嘩啦啦的湧出來，柚子也不管了，邊哭邊說道：「討厭死了！」

外婆怔怔的望著柚子，伸手撓了撓肚子，沒有說話。

第七章

梧桐葉

過了好幾天，那晚外婆的臉依然不時從柚子眼前閃過。那張毛茸茸的、紫色的臉，柚子依然不太習慣，也很難從那輪廓裡看出外婆本來的樣子。眼睛的形狀與瞳孔的顏色、大小都不一樣，可是熊外婆的眼神卻和以前沒什麼不同。

那天聽了柚子的話，外婆並沒有生氣，可是柚子很難過，她感覺自己像一個不講理的壞孩子。

「我說的話有什麼錯？」柚子心想，「這一切都是外婆的錯，她變成了熊，她過得那麼開心，到處去玩，為什麼要讓我來替她承受不好的東西？爸爸、媽媽因為她才會吵架，她還讓皮皮受傷了！」

學校裡的日子更加不順心。大家議論紛紛，都說皮皮頭上的傷是熊外婆造成的，有的人說是無意的，有的人說是外婆故意攻擊皮皮。再加上從那個事件之後，皮皮一直悶悶不樂，看到柚子時就像看到怪物一樣，大家更加相信熊外婆是有攻擊性的危險生物。

上午第二節課後的休息時間，全校同學會集中在操場上做健身操。解散之後，柚子看到了那天找她麻煩的黑炭男孩，他身邊還圍繞著其他幾個孩子，他們的目光時不時投向柚子，小聲嘀咕著什麼，臉上帶著不懷好意的笑，甚至還有人衝著柚子扮鬼臉。

柚子的氣不打一處來，她衝著那一群看熱鬧的人大喊：「你們有什麼話就當著我的面說，膽小鬼！」

「說就說！」黑炭男孩上前一步，說：「有一次你外婆抓住了釘子，要把他當成晚餐吃掉，幸好釘子的家人及時發現了！」

「我外婆才不會做這種事！你們不要胡說八道！」

「你就別狡辯了，我是聽釘子的媽媽親口說的！」

「有病！」

「有病的是你外婆才對！」

柚子咬牙切齒，狠狠瞪著黑炭男孩，然後拿出最快的速度奔向那個孩子。幼稚園時期的柚子桀驁不馴，常常會和同學打成一團，如今她的眉毛上方還有一道疤痕。上小學之後，她變得文靜了，再也沒和人打架。而現在的她只想要在黑炭男孩臉上留下幾道抓痕，可是要怎樣才能打敗他，其實柚子心裡沒底。

黑炭男孩與他的同伴轉身逃跑，柚子拚命的追。一群人跑遍了學校所有的角落，又回到操場上。柚子累得氣喘吁吁，那幾個男孩也一樣。

「別讓她追上來，小心被熊的病毒傳染，我們也要變成熊！」其中一個男孩說。

柚子的心似乎被針刺了一下，腳下不知踢到了什麼東西，她摔了個狗吃屎，異常狼狽。男孩們停下來，站在不遠處嘲笑她。

眼淚湧了上來，但柚子咬咬牙，不允許自己哭。她從地上爬起來，狠狠瞪了那些人一眼，使出所有的力氣大聲嚷嚷道：「我才沒有熊的病毒，我是正常的！」然後她轉身往回跑。

從這次事件之後，聽到大家說起熊外婆為害他人的事，柚子再也不反駁了。反駁有什麼用？如果外婆不讓自己變成熊，哪會有這麼多麻煩？她也不用天天處在風口浪尖，可以像往常一樣把自己藏在四十四個同班同學身後，當一個普通的學生。

有時候，柚子真希望自己沒有外婆。

傳言第一次出現後，第二次便順理成章。有一個幼稚園的孩子，應該是哈密瓜的同學，那天見過熊外婆之後就生病了，他的媽媽懷疑也是外婆身上的病毒感染了他，結果搞得整個幼稚園人心惶惶，柚子的媽媽也心煩意亂。

「那些人哪，真是冷酷無情，竟然提議讓我把我媽送走，不要把危險放在身邊呢。他們都忘了以前受到過我媽多少恩惠！」柚子的媽媽有一天晚上忍不住向家人抱怨道。

「那我們要怎麼辦？」柚子問。

「不要把外婆送走，外婆是我的！」哈密瓜快要哭出來了。

「當然不會，無論她變成什麼樣子，她都是外婆呀。」柚子媽媽的語氣變得溫和了，「但是，我明天得再找她談一談，一定要讓她同意去找那位專家！咱們畢竟是人哪，她不能一直頂著熊的外表生活吧？趕快恢復正常比較好。」

「沒錯，回到從前那樣！」柚子說。

「不要！」哈密瓜的眼淚終於還是滾落了出來，「現在的外婆更好！」

「怎麼更好了？」爸爸耐心的問道。

「以前的外婆走得慢，上樓總是在喘氣；以前的外婆不會和我一起玩，現在的外婆下雨的時候會和我一起去踩水；以前的外婆皮膚皺巴巴的，就像老樹皮，現在的外婆毛茸茸的，摸起來很舒服。」哈密瓜掰著手指頭數著，似乎想要理清楚自己的思緒，「反正我就是更喜歡和現在的外婆待在一起！」

即使萬般不情願，柚子也不得不承認，哈密瓜所說的話並非全無道理。柚子雖然還不太了解這個世界是怎樣運轉的，但它有自己的遊戲規則，每個人都應該遵守這些規則。這些規則都是什麼呢？柚子不太清楚，但說不定其中一條就是，人類必須以人類的外表生活，不應該變成熊。

「可是，考慮事情不能光看你喜歡不喜歡啊！」爸爸說，「哈密瓜，如果你班上的小朋友都因為害怕外婆而不和你玩了，你會高興嗎？」

「不會。」

「那外婆不是變回以前的樣子更好嗎？」

哈密瓜皺著眉頭，想要說什麼，最終還是沒有開口。他還不到五歲，沒辦法像成年人一樣，甚至沒辦法像柚子一樣，準確的表達心裡的喜、怒、哀、樂，所以，你不能指望他能夠透過辯論贏過他的父親。

柚子覺得弟弟有些可憐，想要幫他說幾句話。可是她轉念一想，哈密瓜的想法是什麼，沒關係的，過一段時間他自己都會忘了。

懷著這樣的心情，第二天柚子又一次鼓起勇氣去學校。她走得很慢，用大人們最喜歡的表達來說，就是「快把一路上的螞蟻都踩死了」，可是無論怎樣拖延，最多二十分鐘後，柚子還是來到了教室裡。

沒人敢靠近她，難道大家都像那黑炭男孩一樣，擔心柚子把熊病毒傳染給他們？柚子的同桌整天愁眉苦臉，聽說她已經好幾次請求班導師給她換座位，但班導師沒答應。當然，這可能是因為柚子的爸爸、媽媽星期一才去過學校，向老師抗議同學們排擠柚子。

班導師明確向柚子的父母表示，無論外婆是什麼，柚子都和以前一樣，是一個聽話的好學生，她絕對不允許這樣的孩子在她的班級裡受到欺負。

曹老師認為柚子很可憐，家裡竟然遇到這種古怪、荒唐的事。身為教師，她應該用自己的方式，給予柚子鼓勵與支持。可是，柚子並不想要老師給她特別的關注與關心，她只希望老師能像往常一樣，將她當成普通的學生。

在所有的同班同學中，唯一不排斥柚子的人是梧桐葉。一開始她會主動找柚子說話，只是柚子不願意搭理她，不想大家把她當成梧桐葉的朋友。在柚子心中，這意味著她和梧桐葉一樣，總是孤單一人，可憐兮兮的。

梧桐葉感受到了柚子的冷漠，後來再也沒主動找她。她還是像往常一樣獨來獨往，很少說話，數學成績很好，但其他科目的成績一塌糊塗。

可是，梧桐葉的行為實在費解。這天下課後，以段飛雨為首的同學聚在一起談論著什麼，她還把皮皮叫了過去。柚子感覺段飛雨可能想知道皮皮受傷那晚的詳情，心裡煩躁起來，準備逃出教室。

這時，梧桐葉衝到段飛雨面前，一字一句的說：「不是這樣的，是劉然自己不小心摔傷的！」

「你怎麼知道？」段飛雨問道。

「那天晚上我也在那裡，我都看到了！」

「哈哈！沒想到你和陳柚這麼要好。」段飛雨故意看了柚子一眼，柚子實在不明白她想透過眼神傳達什麼，但是那目光令柚子渾身不舒服。「我們才不會相信你的話呢，你自己明白！」

梧桐葉很喜歡撒謊，常常編造一些奇怪的理由遲到、早退、曠課。更重要的是，在關於梧桐葉的媽媽這件事情上，全校的人都知道實情，只是她還一直用不高明的謊言掩飾。

柚子再也聽不下去了，她不清楚自己更討厭段飛雨說外婆的閒話，還是更討厭梧桐葉幫外婆說話，而且還使用了謊言，於是趕緊跑出教室。

好不容易挨到下午放學，釘子就在教室外面等著。柚子的腦子裡清晰的回憶起前幾天的事，那已經消散的、丟臉的感覺再次湧上來，這一切都是因為釘子！於是柚子毫不留情的甩給釘子一個白眼。

「你等一下，我有件事情要告訴你。」釘子叫住她。

「什麼事？」

「我已經告訴大家實情，根本不是李婆婆把我抓住了。上次因為考試不及格，我爸拿著棍子要揍我，我就逃出家門，在山上閒晃，然後遇到了李婆婆。那時候我早就不怕她，她讓我去她家裡，給我吃水果和零食，還留我一起吃飯。天黑了之後，我爸、我媽到處找我，李婆婆把他們叫到家裡來，狠狠批評了他們一頓，快把我爸、我媽嚇哭了。幸好李婆婆那樣做了，我才沒被揍。後來李婆婆還讓我去她家裡摘櫻桃呢！陳柚，」釘子不好意思的撓撓自己的小平頭，「我相信你外婆不會傷害任何人！」

柚子有些高興，又有些難過，她也不知道到底是怎麼回事。她正想著要說些什麼時，釘子已經跑開。柚子輕輕歎了一口氣，朝樓下走去。

教學樓外面是一小片空地，種了許多花草。柚子看到梧桐葉抓著皮皮的手臂，把她拉到花草中間。皮皮使勁想要甩開梧桐葉，似乎很不情願。

皮皮的身體一直不太好，又很膽小。從幼稚園開始，柚子一直是皮皮的保護者，幫她趕走突然衝到路上的惡犬，幫她捉掉不小心落在身上的毛毛蟲。冬天太冷了，柚子也總是把手套借給粗心的皮皮，結果自己的手凍得紅通通的。

於是，柚子毫不猶豫的衝上前去，想要搭救皮皮。這時候，梧桐葉一臉嚴肅的質問皮皮：「你為什麼不把那天晚上的事情講出來？看到大家誤會了陳柚的外婆，難道你很高興嗎？」

柚子停下腳步，梧桐葉早已經看到她，不過，還是沒有鬆開皮皮的手。

「那天我不想讓李婆婆去我家，她硬是要闖進來。而且我是嚇到又被她撞到才會摔傷的！」皮皮說。

「那是你自己太膽小，又笨手笨腳，並不是李婆婆的錯！」

「難道你不害怕她？」

「當然不怕！我覺得她很酷！她想讓你爸爸、媽媽不要吵架，是好心，難道你願意爸媽一直吵來吵去嗎？」

「我當然不希望他們吵架，但是——」皮皮小聲嘟囔道，「這關你什麼事？柚子也沒說什麼，我為什麼要聽你的？」

「因為我看到了，我不能什麼也不做！」梧桐葉嚷嚷道。

「那你想要我做什麼？」

「當然要告訴大家，是你自己不小心摔傷了，不關李婆婆的事，不是李婆婆

的錯！」梧桐葉的聲音更加響亮，「明天你就告訴全班同學，知道嗎？」

梧桐葉故意狠狠瞪了皮皮一眼，又舉起拳頭在皮皮眼前晃了晃，像在威脅。梧桐葉和皮皮差不多高，和皮皮一樣瘦，但她是全年級有名的打架高手，許多男生都不是她的對手。

皮皮一定也害怕了，看到她使勁點點頭，梧桐葉這才鬆手。皮皮轉身逃跑，邊跑邊用袖子抹眼淚。柚子沒有追上去安慰她，因為她終於想起來，她和皮皮好像已經不是朋友了。

梧桐葉直接來到柚子身邊，說：「那天你對外婆說那樣的話是不對的。我和我爸爸說過這件事，他也覺得你不對。你應該站在外婆那一邊，你要不停的告訴大家，你外婆不會打傷皮皮，不會把別人家的孩子關起來，不會傳染病毒。要不停的說，不停的說，不然的話，大家就會把假的當成真的。你外婆和我媽媽一樣，只是生病了，這並不是她們的錯，所以，我們更應該鼓勵她們，讓她們高興一點兒！」

「不關你的事！」

柚子也扭頭離開，一路上她嘴裡一直嘀嘀咕咕，淨是在說梧桐葉的壞話。快要走進巷子時，柚子熟悉的一位老奶奶從她身邊經過，打趣的說道：「柚子，你在念經呀？」

柚子沒理她，一口氣跑回家裡，喝下大半杯水，這才慢慢消氣。

媽媽探頭進來，笑咪咪的望著柚子，說：「媽媽已經說服外婆，過幾天咱們就去找專家治療！」

「太好了！」這是柚子等待已久的好消息。奇怪的是，她並沒有想像中那麼高興，「你是怎麼說服外婆的？」

「不是我說了什麼，是她自己想通了。這幾天她再也不像小孩子那樣胡鬧，一直在種菜呢。她的內心已經恢復成我們熟悉的外婆，所以才想讓外表也變回原來的樣子吧！」

「這樣啊！」柚子嘴裡說著，心裡卻彷彿響起這樣的疑問：「真的是這樣嗎？」

媽媽走進屋來，將柚子攬進懷裡，溫和的說：「咱們的生活很快就能回到正軌啦。柚子，希望你多多體諒學校的孩子們，他們只是不了解而已。不要因為這件事變得討厭上學，好嗎？」

「嗯！」

「這件事情先不要告訴哈密瓜，不然他又要鬧上一場！」媽媽說。

柚子再次點點頭，表示願意保守這個祕密。

「媽媽，我有一件事情想要問你。」柚子說，「梧桐葉的媽媽真的是瘋子嗎？她為什麼沒住進精神病院裡呢？梧桐葉的爸爸是不是喜歡打人？我聽說他對梧桐葉的媽媽很不好。」

「她確實和我們不太一樣，但不是瘋子。我見過她，是一個說話很有條理的人。梧桐葉的爸爸經常會來我們店裡理髮，就我和他的接觸來看，他不像會打老婆的人。相反的，梧桐葉的媽媽精神一直不太穩定，但是，他一直很有耐心的陪著她接受治療。換作是我，都不敢保證自己能做得像他那麼好。」

「所以，她媽媽就是瘋子，對吧？」柚子又說，「梧桐葉還怎麼也不肯承認，每當有人這樣說，她就會和人打架。」

「前幾天本來就想和你談談的，後來忘了，你倒是提醒了我。你不喜歡梧桐葉，對不對？」

「沒錯，我還以為你們沒發現呢。我們班沒有人喜歡梧桐葉，她老是說髒話，喜歡和人打架，還會偷東西！」柚子脫口而出：「媽媽，你不是對我說過嗎？我沒有義務去喜歡這個世界上所有的人。」

「道理是這樣，但是，就算你不喜歡梧桐葉，也不能對她那麼兇惡，這樣她的心裡會多難受？你總是喜歡把情緒表現在臉上，這樣大家都會說是我們沒把你教好。」

「你那天為什麼要讓梧桐葉和我們一起去摘櫻桃？和不喜歡的人在一起待很長的時間，我怎麼可能態度好？」柚子索性將心裡話全部痛痛快快的講出來。

「這個嘛，」媽媽想了想，又說：「梧桐葉的爸爸最近成了我們店裡的常客，我和你爸爸才慢慢了解到他家的狀況。他說起過梧桐葉在學校的表現，作為父親的他很著急、很擔心，卻不知道該怎麼辦。他也很自責，因為梧桐葉的媽媽精神狀態一直不太穩定，他對梧桐葉的關心不夠。柚子，你和梧桐葉不是正好同一個班嗎？我就想，希望你和她的關係好一點兒。」

「我才不要！」

「我也不能強迫你。」媽媽道：「說髒話，和其他小孩打架，我也聽梧桐葉的爸爸說了。她有時候還會翹課，會偷東西，所以，那天梧桐葉進你的房間，你才會急成那樣。柚子，梧桐葉偷過什麼呢？難道她偷東西時被人當場抓住了？」

「我不知道，可是大家都這麼說。」

「大家說外婆會咬人，也不是真的看見她咬了哪個人，而是因為她是一隻熊。」媽媽循循善誘，繼續說：「大家可能只是不了解梧桐葉，就像他們不了解外婆一樣。」

「我真的不知道。」柚子老老實實回答，「你讓我想一想。」

媽媽沒繼續說下去，離開了柚子的房間。

柚子一直願意去思考很多事情，常常會有親戚或鄰居對她說：「小孩子想那麼複雜的事情做什麼？」所以，眼前的「我不知道」這個回答只是暫時的，柚子要把一切弄明白才甘心。媽媽只需要耐心等待結果。

第二天，皮皮迫於梧桐葉拳頭的威力，向大家澄清了自己受傷的事。然而，這並沒能改善外婆在大家心中的形象，因為校園裡流傳著數不清的由熊外婆引發的悲劇，天知道最初是從哪裡傳來的！

柚子還是像往常一樣，並不和梧桐葉來往，可是不知為什麼，她心裡總覺得有些過意不去。

三天後，柚子的父母瞞著哈密瓜再次陪同外婆出了一趟遠門。兩天之後爸爸回來了，因為他要忙著店裡的生意。又過了五天，外婆與媽媽才回家。

這次外婆並沒有先來到柚子家，而是直接回去。柚子趁著哈密瓜在看卡通時，小聲問隔壁房間裡的媽媽：「專家怎麼說？外婆變回來了嗎？」

「專家說，變形的情況不一樣，治療方法也不相同。他給外婆做了各種各樣的檢查，忙了好幾天，才弄清外婆的症狀，找到治療的方法，只是還需要一些時間配製出治好外婆的藥。」

「你見到其他病人了嗎？他們都變成了什麼樣子？」柚子又問。

「我們到達那一天，剛好有一位額頭上長出角的阿姨在看病，她的情況沒那麼嚴重。專家見識過千千萬萬身體變形的患者，有一個人認為他過得不快樂是因為太矮了，每天想著要長高，後來竟然真的開始長高。他來看醫生時，身高已經超過四米，而且還在繼續生長。但是，像外婆這樣徹底從人變成一隻熊的情況，專家也是頭一次見到。專家是一個彬彬有禮的文化人，態度溫和，細聲細語，看他的樣子，就知道他讓不少人重新恢復正常，真是做了許多好事呢！」

柚子沒有繼續問下去，悶悶不樂的離開了。最近，也不知道為什麼，有個疑問一直盤桓在她的腦子裡，此刻更是變得益發清晰起來，終於小聲說出了它蘊含的訊息：重新變成正常人真的好嗎？

柚子是一個非常普通的小女孩，這也是她不愛出風頭的原因。但在心靈深處，柚子一直希望自己與眾不同，哪怕是像皮諾丘那樣會在說謊時鼻子變長都好。那麼，如果能夠在額頭上長出一對角，不應該是天大的好事嗎？而外婆變成了熊，不是更加獨一無二？

當一切真正發生之後，為什麼與她想像的情況完全不同呢？

第八章

衝突

柚子再次去外婆家，是一個星期後的週末。

爸爸的理髮店裡有人請假，人手不足，媽媽必須去幫忙。要麼去奶奶家，聽奶奶絮絮叨叨的講幾十年前的小事，聽她數落爺爺的種種壞習慣；要麼去外婆家。柚子和哈密瓜毫不猶豫的選擇了後者。

外婆果真和以前不一樣了。現在的她依然擁有熊的外表，可是更像生病之前的外婆，那是柚子熟悉的。

專家提議外婆按照生病前的生活方式度過每一天，這樣更容易讓她恢復成正常的模樣。現在的外婆，應該正努力想要像以前那樣生活吧？她深居簡出，不再四處閒逛、不再多管閒事，關於她的流言蜚語，也漸漸平息了。

外婆儲備在家裡的零食都不見了，和以前一樣，如果柚子想吃一包洋芋片，就要不停圍著外婆轉，說上柚子所知道的所有甜言蜜語，外婆才會同意柚子去離家不遠的小賣店裡購買。

哈密瓜一個人在院子裡練習功夫，外婆在廚房裡煮飯，也不再當他的練習對手了。那棵大櫻桃樹還靜靜矗立在屋邊，奧特曼依然守護在樹頂之上，只是櫻桃早已被摘光，綠葉成蔭。

哈密瓜舞了一會兒竹棍，便覺得有些無聊，他收起竹棍來到柚子身邊，說道：「姊姊，我們出去玩，好不好？」

正在寫作業的柚子不耐煩的說：「你自己去玩，我正忙著呢。」

哈密瓜可不是輕易放棄的人，還是繼續黏在柚子身邊撒嬌。柚子本來正在思考一道很難的數學題，被攪得心煩意亂。後來哈密瓜又抓著她的手輕輕搖晃，結果鉛筆一歪，柚子在作業本上畫了一條很粗的線。

「你煩不煩啊！」柚子一把推開哈密瓜，由於力氣太大，哈密瓜沒站穩，後退兩步後就倒在地上。「砰」的一聲，柚子聽到哈密瓜的後腦勺撞擊地面的聲音，心想，糟糕！他這一跤摔得不輕。

柚子急忙放下筆，想把哈密瓜從地上拉起來。哈密瓜哇哇大哭，開始耍賴，像是突然沒了骨頭似的，無論柚子怎麼拉他，他都不肯離開地面。

外婆的聲音從廚房那邊傳來：「哈密瓜，你怎麼了？」

「沒什麼！」柚子代替弟弟回答道，還死死摀住哈密瓜的嘴巴，不想讓他的哭聲傳出來。柚子一肚子的不高興，但還是強迫自己平靜下來，輕聲細語哄著哈密瓜：「你不哭了，我就陪你出去玩。」

哈密瓜頓時止住了哭聲，他眨了眨眼，最後一滴眼淚悄無聲息的滾落出來。

「真的？」哈密瓜問。

「真的，我保證。」

哈密瓜乖乖爬起來，牽著柚子的手走出家門，穿過竹林，上了馬路，朝著下坡的方向走去。姊弟倆出門遛達時，通常是沒有目的地的，不過，外婆家附近總是有好玩的東西，不用發愁。

冬天走到了尾巴時，柚子會和媽媽一起，四處尋找野生的魚腥草，將它們洗淨、做成涼拌，那滋味別提有多香、多好吃了！每當柚子不停把它們塞進嘴裡，媽媽都說她像吃草的牛兒。

春天時，柚子會在棍子上繫一條繩子，繩子上拴一張小紙片，然後拿著到外婆家前面的空地上逗蝴蝶。那些白色的菜粉蝶翩翩飛舞，忽上忽下，像紙片一樣。蝴蝶們一定是把紙片當成同類，才會跟著紙片一起飛。運氣好的時候，柚子能招來十幾隻蝴蝶，她慢慢朝著外婆家走去，蝴蝶也會慢慢飛走，但偶而有些蝴蝶會跟著紙片飛進外婆家裡。

夏天時，水稻長得綠油油的，柚子和哈密瓜穿梭在田壟之間，尋找藏在稻葉上的螳螂。離外婆家不遠的水庫排水後，水位變低，許多小小的石頭就會露出來，柚子喜歡把那些石頭搬開，捉住藏在石頭下的螃蟹。

哪怕實在找不到事情可做，柚子還可以爬竹子。她已經不記得自己是什麼時候學會的，但柚子堅信，如果竹子長得夠高，直通天上，那她一定也能一路爬上去。去年秋天，她和住在外婆家附近的男孩比過一次，要不是那天她肚子餓了，絕對能勝過所有人，而不是只得了第三名。

拐過一個彎之後，眼前的風景發生了變化，一道拱橋出現在柚子的視野之中。柚子聽媽媽說，這座橋有好幾十年的歷史，剛建好時，媽媽和哈密瓜現在差不多大。這時，有一個戴著草帽的人坐在橋上，守著兩根釣魚竿，柚子想去橋上看看那人釣上來多少條魚。

不過，路才走完一半，哈密瓜便被其他東西吸引了注意力，柚子順著他的胖手指示的方向望去，看到了藏在桑樹葉裡面的紫黑色的桑葚。柚子跑過去，小心翼翼摘下那些飽滿、發亮的果實。

「吃東西之前先洗一洗，不要拿起來就往嘴巴裡塞！」媽媽的叮囑迴盪在柚子耳邊。去年柚子也吃了桑葚，那時候她是與媽媽、弟弟一起來的，有媽媽的監視，她只能偷偷摸摸吃那些沒洗的果子。現在媽媽不在，柚子便大大方方的把最大的那粒果子扔進嘴裡，哪管它有沒有被蟲子爬過。

果汁滲出來，香氣瀰漫在嘴巴的每一個角落裡。滿足感從柚子的心底湧起，她忍不住想：幸好剛剛和哈密瓜一起出來了！

哈密瓜搖搖晃晃的跑過來。柚子攤開手掌，任由他挑選自己中意的桑葚。因為哈密瓜抓得太用力了，果皮破開，果汁染上了他的手心。

「小心一點兒！不能讓外婆發現我們沒洗果子就吃了！」柚子的話才剛說完，就發現哈密瓜的嘴唇也變紫了。

她無奈的歎了一口氣，說道：「你要把嘴巴張大一點兒，慢慢吃，好嗎？」

哈密瓜一本正經的點點頭，說道：「姊姊，我們去找找吧，山上一定還有很多桑葚！」

柚子也正有這樣的想法，她朝著下坡跑去，哈密瓜也急忙跑起來，但很快就被柚子落得遠遠的。

拐一個彎之後，柚子來到上山的小路前，停下來等哈密瓜。小路左邊是一棟廢棄的房屋，屋頂、大門、屋梁全都不知去了哪裡，只剩下砌成牆面的大石頭。這屋子前面就是一大片土地，住在附近的人在那裡種滿糧食和蔬菜。屋子後面是一大片竹林，在外婆的村子裡，每家每戶的屋子旁邊都有一片竹林。

哈密瓜追上來，柚子便帶著他往小山上走。這座山上種了許多甜橙樹，比桑樹還多。姊弟倆到每棵桑樹前，撥開桑葉尋找那些誘人的小小果實，找到後也不客氣的全都塞進嘴巴裡。

柚子覺得最好上週來，那時候正值桑葚成熟，現在樹上剩下的能吃的果實並不多。姊弟倆爬上爬下，一身變得髒兮兮，雖然柚子自認為她比哈密瓜小心多了，等到下山時，她的手還是被染成了深紫色。

「你的嘴巴也變成紫色的了，還說我！」哈密瓜有些得意的說。

柚子拉著哈密瓜來到另一座山頭，這兒有一個小池塘。她照著池塘裡看自己的影子，想把嘴巴和手洗乾淨。可是桑葚的染色能力太強了，就算是洗掉一層皮，恐怕也不能消滅果汁的痕跡吧？

「算了，我們悄悄回去拿肥皂和洗衣粉，一定能洗乾淨。」柚子說。

「好的。」

哈密瓜答應得爽快，但是依然專注 的在玩水。柚子心情不錯，也不催哈密瓜，願意等他再玩一會兒。她伸出手拉住哈密瓜的帽子，以防他不小心掉進水裡。

這時，柚子聽到了腳步聲。在他們倆後面有一棵大桑樹，還有許多比柚子更高的雜草、樹枝，再過去一點兒就是馬路。看來正有人從馬路那邊經過。柚子不太想遇到外婆家附近的人，想等那些人走過之後再起身回去。

「四哥，聽說昨天你家裡遭了小偷啊？」一個女人的聲音傳來。

「也不是遭了小偷。天黑的時候發現少了兩隻母雞。」這一個聲音是柚子熟悉的，那是外婆的鄰居唐叔叔。

「是不是被黃鼠狼吃了？」

「我們這兒好多年沒有黃鼠狼了啊！我也不清楚。」

「難道是……唉，你住得離她又近！真不曉得你害怕不害怕。」

「之前滿害怕的，不過，怕是怕，又有什麼辦法？最近好多了，她女兒帶她去找了專門的醫生，應該很快就會恢復正常。少了兩隻雞的事確實有些蹊蹺，但是算了，撕破臉也不好，鄰居嘛！經常都會碰面的。」

「她畢竟還是和我們不一樣，你自己多注意。」

唐叔叔和那個柚子沒認出來的人依然在說話，但是他們走遠了，柚子聽不清了。哈密瓜還在玩水，他當然聽不明白剛剛的對話，根本不知道他們正在談論外婆。

「別玩了，回去。」柚子扯著哈密瓜的帽子，把他拉起來，兩人離開池塘邊。剛剛的對話一直讓柚子分神，她甚至沒注意到外婆就在門外，正在打掃院子。

「你們兩個又出去亂吃東西了。」外婆的語氣非常無奈。

柚子伸手掩住嘴巴，想把犯案證據藏起來，哈密瓜也趕緊照做。可是他的手比嘴巴周圍更髒，反而暴露得更多了。柚子想了想，覺得反正已經暴露了，再藏起來有什麼用？便把手放下，哈密瓜再一次照做。外婆突然笑了起來，說道：「真是的，回來洗一洗再吃，能花多少時間？怎麼就忍不住？」

「不罵我們？」哈密瓜說。

「你媽又不在，我那麼凶做什麼？」外婆道：「不過，晚上如果肚子不舒服要及時告訴我。」

對啊，變成熊之前與變成熊之後的外婆，都是溫和的人，從來不罵人。柚子清楚這一點，那麼，與外婆當了幾十年鄰居的唐叔叔，為什麼會懷疑外婆偷了他家的老母雞？學校的孩子們不熟悉外婆，說她的壞話，柚子還能忍耐，但是唐叔叔不行！

「今後我看到唐叔叔，就裝作沒看見，再也不和他說話了！」柚子在心裡下定了決心。

可是，天快黑時，唐叔叔來到外婆家裡。柚子本來準備躲起來，想了想，又覺得要當面看著唐叔叔，瞪著他，讓他知道自己心裡的不愉快，才能消消氣。

唐叔叔家的米剩下不多，不夠做晚飯，偏偏打米機又壞了，只好先找外婆借米，度過今晚。外婆接過唐叔叔手裡的小盆子，回屋給他舀米。

柚子跑到外婆身邊，搶走小盆子，惡聲惡氣的說：「不能把米借給他！」

「怎麼了？」

柚子把下午不小心聽到的話告訴外婆，外婆輕輕歎了一口氣。

「又不是他一個人這樣想，我都習慣了。」

外婆拿過盆子繼續盛米，柚子火冒三丈，又說：「外婆，你不能這樣想，不能讓別人亂冤枉你！」

「沒什麼大不了的。」

「不行！」

柚子試圖搶過盆子，可是用力過猛，把小盆子打飛了，細長的、白白的米粒撒得遍地都是。

「柚子！」

外婆的語氣變得嚴肅起來，還轉頭瞪了柚子一眼。她生氣了。柚子不禁有些害怕，便慌慌張張逃跑了。

第九章

黑夜的冒險

外婆家西邊是竹林，東邊有一塊空地，種了許多樹。最大的那棵是柑橘樹，不過，這棵樹結出來的果子又小又酸，連鳥兒也看不上。柑橘樹旁邊有幾棵生機勃勃的銀杏樹，聽說是外公過世之前種下的。除此之外，還有兩棵枇杷樹、一大叢芭蕉樹和一棵梔子樹。夏天時，用竹子搭成的架子上會爬滿藤蔓，掛滿絲瓜、苦瓜和黃瓜。

空地北邊是小山坡，也是那棵大櫻桃樹生長的地方。

逃出家門後，柚子穿過竹林跑到馬路上，她拚命的跑，心裡的不愉快似乎都轉化成了能量，讓她跑得比任何時候都快。可是，沒過一會兒，柚子停下腳步；天空黑沉沉，柚子並沒有勇氣跑得太遠。她慢吞吞往回走，看到唐叔叔端著盛米的小盆子回家去，還朝他吐舌頭。

柚子沒有走進院子裡，她悄悄穿過院子前面的小路。大黃「汪汪汪」叫了起來，但沒有引起外婆的注意。

柚子小心翼翼的爬上那棵大櫻桃樹，盡量不製造出聲響。葉子鬱鬱蔥蔥，把柚子藏得好好的，像是在保護著她，讓她有時間獨自生氣。只要柚子不出聲，誰也找不到她。

櫻桃樹所在的位置比較高，又離外婆家很近。柚子能看到院子裡的景象，能聽見外婆家裡所有的聲音。她知道外婆在廚房裡切菜，哈密瓜在客廳裡看電視。

她看到外婆養的鴨子從河邊回來，搖搖擺擺進窩去，發出很聒噪的叫聲。然後，她從樹葉的縫隙裡看到了哈密瓜，他正在院子裡晃來晃去，東張西望。柚子當然知道他在做什麼。

「外婆，姊姊去哪裡了？」哈密瓜跑到廚房門口問道。

「不知道，你找找看。」

哈密瓜進了屋，不停的喊，然後又來到院子裡，朝著遠處喊，接著便去馬路上尋找，可是一無所獲。這時候，外婆終於察覺到有些不對勁，也開始四處尋找柚子。

無論外婆與弟弟怎樣呼喊，柚子都不回答。有好幾次，外婆從櫻桃樹旁邊經過，柚子便屏住呼吸，不讓自己暴露蹤跡。這實在不容易，因為變成熊之後，外婆的耳朵也比以前更敏銳，柚子要逃過可不容易。柚子覺得自己就像是出現在電影裡的俠客，必須謹慎、小心的躲過那些可怕的反派。

就像英雄總是戰勝壞蛋一樣，最後柚子勝利了。外婆沒能找到她，回到了屋子裡，應該是在打電話。等到外婆掛斷電話後，柚子聽到哈密瓜說：「姊姊回家去了嗎？」

「沒有。」

「那她去哪裡了？」

「不知道，她想回來的時候自然會回來。你先看電視，肚子餓了吧？我去做飯。」

電視機的聲音傳來，過了一會兒，廚房的燈打開，柚子聽到流水的嘩嘩聲，知道外婆正在淘米。

「難道她就不管我了嗎？外婆特別珍惜東西，她一定是因為我打翻了米還在生氣。」柚子小聲嘀咕道：「太過分了！那我就不回去了，今天晚上我要睡在樹上！」

幾分鐘之後，柚子便明白她現在的處境有多危險。聽聲音，電視機裡正上演著歡快的劇情，但似乎是從另一個世界傳來的，而柚子的四周異常安靜，黑夜如同冬天的冷空氣，從四面八方湧來，擠壓著柚子。

樹上四處都有窸窸窣窣的響聲，這棵樹夜晚會不會是蛇的領地？頭頂、腳下的樹枝上，會不會有大毒蛇正朝她吐信子？

柚子害怕起來，想要回屋去，坐在柔軟的沙發上看電視，可是又覺得，如果她從樹上下來，便是向外婆投降了。

到底要不要下去呢？就在柚子的心搖擺不定時，看到院子裡映出一道長長的影子，那是哈密瓜。他已經從屋子裡走出來，獨自坐在門前的臺階上，不知在做什麼。在夜色的掩映下，他顯得弱小又無助。

沒過一會兒，柚子聽到了哈密瓜的哭聲，心裡突然難過起來。她故意大聲咳嗽，馬上引起了哈密瓜的注意。他幾乎從臺階上跳了起來，東看看，西瞧瞧，問道：「姊姊，你在哪裡？」

「這邊。」

哈密瓜看見了櫻桃樹，蹦蹦跳跳跑進廚房裡。沒過一會兒，他就和外婆一起走出院門，來到櫻桃樹下。

外婆的目光穿過重重樹葉，落在柚子身上。天黑了，柚子看不清楚外婆的表情，可是心裡有些慌亂。

「你一直在樹上嗎？」外婆問。

「嗯。」柚子故意冷冰冰的回答。

「快下來吧。」外婆的語氣變得異常溫和。

「不要！我一整晚都要待在樹上，在樹上睡覺，然後看著太陽一點兒、一點兒從東方升起來！」

「那你要等很長一段時間呢！外面濕氣重，還有很多蚊子。」外婆說。

「我不怕！」柚子嘴硬道，「蚊子不喜歡我的血，不太會咬我。」

「還有很多毛毛蟲！姊姊，你快下來吧。」哈密瓜哀求道。

「毛毛蟲——」柚子的腦子裡閃過牠們那蠕動著的綠色身體，不由得寒毛直豎，但她嘴上不願意認輸。

「我也不怕！我要待在樹上，我想看看晚上是什麼樣子。你們大人可以很晚才睡覺，有一次過年的時候，媽媽一直在打麻將，一夜都沒睡。可是我每天都必須在十點鐘之前上床睡覺，我從來都不知道『半夜』是怎樣的，我想要看看！你們回去吧，不用管我！」

柚子把心裡想到的話全都說了出來，她志得意滿，勝券在握。如果眼前的人是媽媽，她可能會抓住柚子的腳，硬是把她拖下來。但是外婆不一樣，她沒脾氣，拿柚子沒辦法。

在柚子的設想裡，外婆一整夜都會放心不下，坐立不安，更加睡不好，這樣一來，柚子的目的便達到了。柚子有一股沒來由的自信，只要她願意，她總是能想到辦法讓大人難過。

柚子並不覺得自己的做法有什麼不對的地方。本來受了委屈的人就是她呀！她只是想要維護外婆，而外婆卻否定了她的好心！

然而，柚子的心裡掠過一絲不安。現在的外婆和以前大不相同，說不定很擅長爬樹，說不定會親自爬上來，把她抓回屋裡。不過，柚子決不屈服，這周圍到處都是樹，她總能找到機會逃往更高的樹上去。

「樹上多不舒服，葉子太密，你也看不清楚晚上是什麼樣子。」外婆說，「你還是下來吧，柚子，我帶你到山坡上去，那裡看得更遠、更清楚。」

「真的？」柚子問道。

「真的。」

「我也要去！」哈密瓜激動得跳了起來。

「你可不許反悔，要陪我待到太陽出來為止。」柚子又道。

「我保證。」

外婆從來不騙人，她在柚子的心裡是有信用的，柚子決定相信她，於是立刻從樹上下來。再說了，櫻桃樹上硬邦邦的，硌得柚子的屁股疼，她早就待得不耐煩了。

「我們現在就走嗎？要不要先吃飯？」外婆又問。

「不吃，不吃，我不餓！」哈密瓜說。

「我也不餓！」柚子說。她只想快點去山坡上，她想要在這個屬於成年人的夜晚世界裡探險。

「你們別著急，我回去拿點東西。柚子，你得把外套穿上。」

柚子像隻蝴蝶一樣飄進屋子裡，很快穿好衣服，便出門到院子裡等待。沒過一會兒，外婆提著一大籃子東西走出來，趁她鎖門時柚子瞧了瞧，發現全是零食和水果！原來她並沒有把以前買的零嘴扔掉，只是藏了起來。

大黃似乎明白大家正準備出門去，興奮極了。可是牠又一次被留下來看家，因為外婆擔心牠到外面會跑丟了，或是被壞人抓走。

祖孫三人懷著去郊遊的心情出發了。天色並不好，沒有星星，沒有月亮，只有潮濕、冰涼的風吹來吹去。

馬路去年才修好，又很少有車輛與人經過，所以還是嶄新的，即使是在一片黑暗之中，依然很醒目。

外婆走在最後面，她打開手電筒，光從後面照向柚子，她那長長的影子投在馬路上。不遠處的村民家裡養的大狗注意到光芒，「汪汪」叫了起來。牠的聲音裡充滿敵意，還得到了附近其他人家的狗的回應，沒過一會兒，柚子覺得漫山遍野都是狗叫聲。

「大家是不是互相用叫聲通知對方，發現了可疑的人？」柚子說。

「牠們在聊天，汪汪汪！」哈密瓜說。

「沒錯！就像我們正在講牠們一樣，牠們也正在說起我們。」柚子說，「牠們一定正在討論我們三個人是誰？為什麼天黑了出門去？準備去哪裡？做什麼？外婆，你說是不是？」

「很有可能。」

「那我們要不要告訴牠們呢？」哈密瓜說。

「不要，就讓牠們去猜吧。」柚子道。

這時，柚子突然玩心大發，開始朝著前方努力奔跑，想要趕上自己的影子。很快的，她跑出了手電筒的光芒照亮的範圍，這才停下來。

哈密瓜也在跑，花了些時間才趕上柚子，他一邊喘著粗氣，一邊回頭說道：「外婆，你也快點跑起來，你太慢啦！」

「老人家跑不動了。」外婆說。

「騙人！以前的你跑不動，現在的你跑得可快了！」柚子說。

「唉！」外婆故意誇張的歎了一口氣，「那我就努力趕上來，你們可要小心，別被我抓住。」

話音剛落，手電筒的光芒劇烈晃動起來，因為外婆在奔跑。別看她的身體那麼笨重，腳步卻異常輕快。

「快逃啊！熊外婆來了！」哈密瓜誇張的嚷嚷道，像在舞臺上演戲一般。然後他快步往前跑，身體搖搖擺擺的，像企鵝似的。柚子起跑落後一些，但是她個子高、腿長，很快就趕上並超過了哈密瓜，將他遠遠的甩在後面。哈密瓜可不甘心了，氣喘吁吁的說道：「等等我——」

風從柚子的耳邊吹過，她聽到身後的聲音，知道哈密瓜被外婆趕上了。

「哈密瓜，上來！」

柚子轉過頭，剛好看到外婆把哈密瓜馱在肩頭上，於是換成了外婆追趕柚子。柚子跑得更快了，前面剛好是一段平緩的下坡路，柚子的速度越來越快，停不下來，彷彿隨時都能離開地面飛起來。

下坡路走盡，便是長長的上坡，柚子的體力快要消耗殆盡，也喘得很厲害。

這時候，一隻毛茸茸的大爪子輕輕的、輕輕的抓住了柚子那細長的手臂。

「哈哈哈哈！」外婆的笑聲很像電視劇裡那些反派角色，她的聲音也變得低沉又渾厚。「你們倆都被我抓住，就是我的晚餐了！」

「你吃啊！」柚子故意握緊拳頭，伸到外婆面前。

「你吃啊！」總是喜歡模仿姊姊的哈密瓜也這樣做了。

外婆把哈密瓜從肩上放下來，張大嘴巴，嗓子裡故意發出渾濁又可怕的聲音。柚子一把奪過外婆的手電筒，將亮光照進外婆的嘴裡。不知為什麼，哈密瓜「咯吱咯吱」笑了起來。有時候笑聲就是具有傳染性，柚子也忍不住笑起來，而且怎麼也停不下，直到喘不過氣來。

外婆也笑了，還夾雜著咳嗽。如果這時候有人從祖孫三人身邊經過，一定疑惑又好奇，想要知道發生了什麼事讓三人如此高興。

笑完之後，三人繼續往前走。柚子注意到，外婆一直氣喘吁吁，她忍不住問道：「外婆，你很累嗎？」

「對啊，我老了。」

「你不是變成熊了嗎？我感覺你每天好像都有用不完的精力，像哈密瓜一樣！」

「我變成熊也是一隻老熊，並不是變年輕了。但我確實比以前要強壯一些，心情也像是回到了小時候，有許多事都想要去嘗試一下，哪怕最後腰酸背痛，也不再覺得麻煩又累人。比如說，坐在山上看著太陽怎樣一點點從東邊爬上來，我也很想知道。」

「你沒看過嗎？」柚子問。

「你外公還活著的時候，有一年夏天一直不下雨，特別炎熱，好多人中暑死了。可是又到了收割稻穀的季節，我們只好半夜三點多起床，趁著天亮前比較涼快，趕緊去收割稻穀。不過，那時候只想著要幹活，根本沒心思看太陽是怎樣升起來的。現在不用幹活，也沒有其他的事，只是單純的想要看一看。不用出門多遠，不用刻意去哪兒旅行，我家附近就有好多風景；以前我都沒注意到，沒好好瞧一瞧。」

柚子沒說什麼，突然覺得外婆變得親切起來。這種親切與外婆變成熊之前的親切不一樣，但沒什麼不好的。

三人來到半山腰的岔路口，這兒有一棟很漂亮的三層小樓，門前種了一叢動人的薔薇。光芒從二樓的房間裡透出來，照亮了趴在二樓陽臺上那人的身影。柚子不知道那是誰，但知道他正看著她和外婆、哈密瓜。柚子突然想起來，這還是外婆變成熊之後，她第一次主動與外婆出門。

「想看就看吧。」柚子自言自語。她突然感受到了前所未有的輕鬆，像是千斤的重擔突然從肩上卸了下來。

外婆家周圍全是起起伏伏的山丘，但是都不高，最高的山就在路口旁邊。通往山上的石階也是去年才砌好的，上山的路並不難走。柚子蹦蹦跳跳，跑得很快，哈密瓜緊隨其後，但每前行一小段距離，柚子都會停下來，等待外婆趕上她和哈密瓜。

不到二十分鐘，祖孫三人到達山頂。這兒有一棵高大、古老的黃桷樹，天氣好的時候，站在教學樓的頂層，一眼就能看到它。老樹前有一塊大石頭，三人便緊挨著坐在石頭上。

外婆從籃子裡拿出餅乾與小麵包，柚子默默接過，拆開包裝，一邊吃一邊觀察四周的景象。從這兒可以看到外婆家附近的一切，入眼的每一座山、每一道田壟、每一條小路，都曾留下柚子的足跡。可是在夜色的妝點下，柚子熟悉的一切都變得陌生了。

兩山之間是一大片水田，排得整整齊齊，一直延伸到河邊。即使沒有星星和月亮，世界也並非一團漆黑，水田微微反射著光芒。

柚子兩三歲時，爸爸抱著她走過其中一條小路。柚子活潑過頭，從爸爸的懷裡跳了出來，一頭栽進了路邊的水田裡，爸爸和媽媽還為此吵了一架。

「哎呀，我想起來了！」外婆突然說，「哈密瓜，上次我們一起來山上抓偷雞賊，你好像就是在這棵樹下脫了鞋子！」

哈密瓜什麼也沒想起來，嘟著嘴，一臉茫然的看著外婆。

「樹根下面有一個大洞，我記得你把鞋子塞進去了，我去看看！」

外婆拿著手電筒去了大樹的另一側，不過很快她就空著手回來了。

「沒找到？」柚子問。

「可能是我記錯了。」

「沒關係，反正哈密瓜已經買新鞋了。」

「我不想穿新鞋，也不想穿舊鞋。我想光著腳！從春天到秋天，再從秋天到春天！」哈密瓜說。

「冬天也不穿嗎？」外婆問。

「不穿！」

哈密瓜鄭重的搖搖頭，順便把腳上的鞋子脫掉。

這時候，柚子吃完了手中的小麵包，隨手把包裝紙疊成小小的一塊，問道：

「外婆，前不久你離家出走，去了什麼地方？」

「也沒什麼特定的目的地。我去了車站，隨便爬上一輛長途客運汽車，下了車之後到處逛了逛。那裡有一家大超市，比園口鎮所有的超市都要大，我在裡面逛了很久，還買了兩大袋東西。」

「沒有遇到什麼有趣的事情嗎？」柚子問。

「怎樣的事情算是有趣呢？」外婆問。

「你遇到一個大怪獸，打敗了牠？」哈密瓜提出了對他來說非常合理的建議。

「這倒是沒有。不過仔細想想，確實有一件很不可思議的事，發生在那家大超市裡。其實，我剛走進超市，便覺得有些不對勁，我什麼也沒說，不動聲色的去挑選商品。突然，超市的廣播開始放起音樂來，是什麼樂曲來著？啦啦啦啦……」

外婆嘴裡哼起曲子來，不過走音太嚴重，柚子沒聽明白到底是什麼。

「這時，我身邊那些購物的人也停下來，放下手中的東西，像是接收到指令一樣，開始跳起舞來。有些人可能學過跳舞，舞姿優美；有的人手腳僵硬，像是木偶。但是，每個人都跳得很認真，突然，有一個和我年紀差不多的老頭狠狠瞪了我一眼，我才明白，糟糕，我不和大家一起跳，顯得太奇怪。入鄉隨俗嘛，於是我也跳起舞來。這時候，更加古怪的事情發生了，超市裡所有的商品也都離開貨架，在半空中飛舞，看來也在跳舞。那真是一首充滿魔力的歌曲！」

「你騙人！」柚子說，「就算有那種奇怪的曲子，商品也不能飛，因為有地心引力！」

「不對喔！柚子。」外婆一本正經的反駁道，「那天你沒陪我一起去超市，怎麼知道我說的事情是真或是假呢？」

「我不知道。」柚子不服氣的承認道，「可是，我有一個很嚴肅的問題，為什麼你總是能遇到奇奇怪怪的事，能去地底的世界，能成為英雄，我就什麼也遇不到？這太不正常了，所以，我的懷疑是成立的！」

「你是怎麼跳舞的？」哈密瓜問。

外婆沒有回答，她站起身來，走向樹邊的平地，那裡長滿雜草。接著，外婆數了「一、二、三」，便開始跳舞。

柚子抓過籃子裡的手電筒幫外婆照明，外婆的舞姿並不優美，也不奇怪，可是不知道為什麼，哈密瓜卻「咯吱咯吱」笑個不停，這笑聲也可以算是伴奏的音樂了。只是伴奏大概持續了兩分鐘，哈密瓜便決定成為主角之一，跑到外婆身邊手舞足蹈。

「柚子，你也一起來！」外婆說。

「我才不要！」柚子說。

外婆和哈密瓜很快便來到柚子身邊，硬是把她拉進奇怪的舞蹈隊形裡。有時候柚子學外婆的動作，有時候她學哈密瓜的動作，有時候她用在學校裡學會的舞蹈教哈密瓜和外婆。

沒過一會兒，祖孫三人便累得上氣不接下氣，再次坐了下來。外婆剝開一顆橘子，三人分著吃，補充剛剛消耗的能量。

「外婆，後來你在超市又怎樣了呢？」柚子問道。她不喜歡故事只聽到一半。

「那些東西是經過我千挑萬選的，我可不能向一首奇怪的曲子認輸，所以我就一邊跳舞一邊把它們追回來。之前我留了一袋東西在你們家，你們吃的時候應該發現了吧？洋芋片碎了、麵包被壓扁了——」

「蘋果被壓壞了！」哈密瓜說。

「不對，蘋果被壓壞是很久以前的事，而且不是被壓壞，是爸爸不小心摔壞的。」柚子糾正道。哈密瓜的年紀太小了，對時間的感知有些混亂，任何時候發生的事情，都可能被他說成發生在「昨天」。

「這就是原因。」外婆轉頭看著柚子，「你覺得這樣的事情算有趣還是無趣呢？」

「挺有趣的，算你過關。」柚子說。

因為偶而會有汽車或是行人路過山下的馬路，附近的狗叫了一次又一次，此刻終於安靜下來。

燈光稀稀落落的，所有人都在自家屋頂的庇護下，準備告別今天。他們會睡覺，會磨牙，會做夢，會把自己忘了。到了明天早晨，他們醒過來，伸個懶腰，或是揉揉眼睛，或是喝杯水，再慢慢把自己想起來。

山上什麼也看不清楚，也沒有什麼好玩的，而長夜漫漫。

「外婆，再講一個故事好不好？」柚子說。

「以前講過的行不行？」外婆說。

「不行。」

「那我得想一想。」

「好吧，給你三分鐘的思考時間。」

柚子在心裡數數，不快不慢。

她剛數到「三十五」，便聽到外婆說：「想好了！」

於是，她雙手抱著膝蓋，聚精會神的聽。

第十章

望娘灘

從前有一個小男孩，他的爸爸過世了，他和媽媽相依為命。小男孩的家裡很窮，但是他懂事又勤快，想要盡力減輕媽媽的負擔，努力幫忙幹農活。

有一天，小男孩到山坡上割青草，那是飼養在家中的老牛的食物。這時候，草叢裡有什麼東西閃了一下光，吸引了小男孩的注意。他停下手中的鐮刀，慢慢走上前去，撥開雜草，看到一顆明亮的寶珠。

小男孩並不知道那顆珠子價值連城，只覺得它很好看。他的媽媽喜歡美好的事物，在自己家周圍種了很多花，而其他的鄰居，哪怕只有巴掌大的一塊空地，也不願意留給花，總是想要種上一點莊稼或是蔬菜。

「媽媽一定會喜歡的。」

小男孩把寶珠揣在懷裡，拿回家去，高高興興的給媽媽看。那顆珠子冰冰涼涼，似乎擁有某種神奇的力量，媽媽拿著它，心裡充滿了快樂與滿足。長年累月的辛苦勞作，使媽媽的身體裡堆積起許多疲憊與病痛，但是她覺得，無論未來還會有多少艱難和險阻，他們也能走下去。

母子倆住在一間低矮、黑暗又潮濕的草屋裡，有了這顆寶珠，這間屋子似乎也增添了光彩。

白天裡，媽媽一直把寶珠帶在身上，到了晚上睡覺前，她會鄭重的把寶珠放進米缸裡。大米是他們家裡最重要的東西，也是最稀少的，對媽媽來說，寶珠和大米一樣重要。

第二天早晨起床之後，母子倆被眼前的景象驚呆了——米缸的米溢出來，堆滿了半間屋子。

母子倆大眼瞪小眼，好半天才回過神來。小男孩從米裡找出寶珠，問道：「媽媽，是不是寶珠給我們這麼多米呢？」

「應該是的。」

「謝謝你。」小男孩對寶珠說。

有了這顆珠子，母子倆再也不用擔心餓肚子，每天都高高興興的。很快的，村裡的人發現他們的異常，也得知了寶珠的存在，母子倆不忍心同村的人過苦日子，常常會把自己家的米分給大家。

最終，住在附近的財主也知道這顆珠子的存在，他帶著幾個身強體壯的家丁，要把寶珠搶走。

媽媽盡力應付那些兇惡的人，小男孩抱著寶珠趁機逃走。可是追趕他的全是大人，眼看著就要被追上了，情急之下，小男孩把寶珠吞進肚子裡。很快的，他就覺得難受起來，像是身體裡有一團火焰正熊熊燃燒。小男孩哇哇大叫著跑到井邊，喝光了井裡的水。

還是不夠呀！他的肚子像是填不滿的無底洞！小男孩衝到河邊繼續喝水，「咕嚕嚕，咕嚕嚕」，也不知道喝了多久，小男孩身體裡的火焰終於熄滅了，他不熱了，不渴了，心滿意足。小男孩開心得笑了起來，他跳進河裡，變成了一條龍。

那條河裡的水太淺，不夠一條龍翻騰。小男孩，不對，小龍一心只想沿河直下，游到更廣闊的大海去。

這時候，他的媽媽追出來，悲傷的呼喊小男孩的名字。每喊一次，小男孩都會回頭，他想：「我不能到大海裡去，我要留在媽媽身邊，她身邊再也沒有其他人了。」可是，另一個聲音又會催促他：「快去吧！大海才是你的家。」

於是，小龍甩了甩尾巴，繼續往前遊。他的尾巴攪動河裡的泥沙和石頭，在他身後堆積，變成河灘。

他的媽媽叫了他十八次，他也回頭十八次，甩動尾巴十八次，身後也多出了十八個河灘，這些河灘被稱為「望娘灘」。

之後，小龍走遠了，再也聽不到媽媽的呼喚。

「故事講完了。」外婆說。

「等等！」柚子大聲說，「後來呢？小龍在海裡過得好不好？有沒有回來看望他的媽媽呢？」

「這都在故事的外面，可以自由想像。柚子，你覺得呢？」

這便是續寫故事，也是柚子最擅長的。

「小龍在海裡找到了龍宮，與其他的龍生活在一起。」柚子說，「海裡有許多寶物，他有時候會趁著夜晚悄悄飛回老家，把寶物留給媽媽，讓她不用再辛辛苦苦幹活，可以把所有時間用來種花。過了幾年，他的媽媽建造出一個漂亮的大花園，住在周圍的人經常到她的花園參觀、遊覽。同樣喜歡種花的人還會向她請教，於是她收了很多徒弟。有時候，她會覺得很難過，因為她的孩子離開了她，不過，大部分的時間裡，她覺得很自豪。」

「為什麼自豪？」外婆問。

「為什麼？為什麼？」哈密瓜鸚鵡學舌。

「龍是一種很神聖的動物，大家不是常說『望子成龍』嗎？」柚子一本正經的分析道，「她的孩子變成龍，就是有出息了，她當然高興囉！」

「我知道『望子成龍』！」哈密瓜興奮極了，他總算找到一個機會插入柚子和外婆的對話。

「可是，我不想變成龍，不喜歡一直住在海裡，海水鹹鹹的。我想變成兔子，住在洞裡。」哈密瓜想了想，馬上又否定了自己，「不行！兔子不好，我不想吃胡蘿蔔！我還是變成貓吧，貓可以吃好多魚呢！」

「上次你還說想變成魚。」柚子說。

「上次是上次，這次是這次。姊姊，你想要變成什麼？」

「我想變成鳥兒，可以在天空中飛，想去哪裡就去哪裡，自由自在的。」柚子想也沒想就回答道。「外婆呢？」

「外婆已經是熊了！」哈密瓜說。

「外婆，你是自己想變成熊才會變成熊的嗎？還是因為你生病了，不得不變成熊呢？」

不知道為什麼，柚子突然有些緊張，她想到了等待老師分發批改後的試卷的情景。

「都不是。外婆是被紅大人施了法術才會變成熊，但是她救出來許許多多小孩子！」哈密瓜義正詞嚴的糾正柚子，他還記得前些日子外婆講過的故事。

「哈哈！沒錯。以前我常常感覺，真正的我並不是這個樣子，真正的我被囚禁了起來。有時候，這種感覺特別強烈，那另一個我似乎真的蠢蠢欲動，她在我的心裡，她想要逃出來。

「我非常擔心，不斷的告訴她：『不行，不行，你還有好多事情要做，今年的水稻還沒收割，馬鈴薯還沒從地裡挖出來，孩子還沒長大，還需要贍養老人。你有家庭，你要忍耐。』

「現在，我變成了熊，還是紫色的，看起來怪模怪樣。可是，我好像比以前舒服、自在多了，我想要嘗試許多事情，想要自由自在。」

「現在的你就是真正的你嗎？她從你的心裡逃出來了？」柚子突然有些難過，「那你為什麼還要答應去找專家治療，打算變回去呢？」

「我也不能只想著自己而活著呀。」

「是因為我嗎？因為那天晚上我說了非常過分的話，對不對？」柚子不禁鼻子一酸。

「不對。柚子，你說的都是事實。所有的人都在議論我，他們說的話可能比你在學校聽到的、從唐叔叔那裡聽到的，還要難聽一百倍。可是，腦子和嘴巴長在別人身上，他們要怎麼想、怎麼說，我們根本無法阻止。

「誰叫我變成了熊，和所有人都不一樣了呢？唉！以前我和大家相處得很好，現在也都疏遠了。皮皮撞破頭那天晚上，回到家裡後，我認認真真想過，確實是因為我太自私、太任性了，像個小孩子一樣，給大家添了不少麻煩，尤其是柚子你們家。我都快七十歲了！」

說著，外婆拉了拉哈密瓜的衣領，因為起風了。

「其實，我離開那兩天，也不是隨便走走，我去了隔壁的縣裡看一棵皂莢樹。」外婆繼續說：「它沒有我們身後這棵黃桷樹大，不過它活得更久，而且樹幹中間已經空了，正在慢慢枯死。現在已經是春天，可是，它並沒有長出多少新葉子，真的是太老了。我結婚以前就住在離那棵樹不遠的地方，傳說那棵樹以前也是人類，是一個小姑娘。有一天，她和父母吵了一架便跑出門去，當天晚上電閃雷鳴，雨也很大，父母動員整個村子的人找她，怎麼也沒找到。第二天大家發現，山坡上多出一棵小樹。傳說，那棵樹就是那個孩子變成的。」

「她和你一樣。」柚子說。

「沒錯，如果那個孩子真的變成了一棵樹。」外婆說，「當一棵樹好不好呢？有人說，皂莢樹已經有好幾百年的歷史，她的父母早就過世了，她比所有家人都要長壽。可是，長壽就是一切嗎？不能說話、不能跑，不能與家人一起生活，這樣獨自待在山坡上活著真的好嗎？」

「我不想變成一棵樹，會有很多毛毛蟲咬我的葉子。」哈密瓜說。

「確實很糟糕。」外婆意味深長的看了柚子一眼，「我像柚子你這麼大的時候，常常希望能有一些不尋常的事情發生在自己身上，說出來不好意思，即使我老了，心裡依然保留著這種想法。可是，當這樣的事情真的發生了，我才發現一切沒那麼簡單。按照自己的心願自由自在的生活並不容易。我看到那棵樹時便想明白了，當一個正常、普通的人，與你們一起生活，平平靜靜的過日子，可能才是最好的選擇。」

「說不定我們每個人心裡都是一隻小動物，既然外婆能變成熊，那麼，我只要努力一點兒，有一天就能夠變成貓！」哈密瓜好像沒怎麼聽外婆的話，自顧自的、愉快的暢想著未來。

柚子憂心忡忡，沒有繼續說下去。她和外婆一樣，認為真正的自己應該在天空中飛，她也總是做夢，常常夢見自己飛了起來。這是否意味著，總有一天她會變成鳥兒呢？那麼，她是不是就得像故事裡的小男孩那樣，離開父母與鳥兒們一起生活呢？

不要離別，分別總是令人難過，尤其是與爸爸、媽媽分開。柚子很幸運，她的父母一直陪在她的身邊，柚子有許多同班同學，因為父母在很遠的大城市裡工作，每年只能見父母一兩次。

那麼，如果不離開，和沒有變成動物的人類一起生活，自己是不是又會像外婆這樣，遇到數不清的誤解與流言？她要怎樣證明自己沒有惡意，只是想繼續和大家友好來往？爸爸、媽媽會不會支持她，會不會說：「你為什麼不能像正常的小孩那樣呢？」

一個長長的、大大的呵欠打斷了柚子的哲學思索，她這才發現自己雙腳冰冷，屁股也冷，渾身好像都濕漉漉的。

柚子歪著身體，靠著外婆那毛茸茸的身體，外婆輕輕抬起手，把柚子摟進懷裡。

這是外婆變成熊之後，柚子第一次與外婆如此親近。柚子沒有躲開，因為這兒溫暖又寬敞，雖然和以前不一樣，柚子心裡卻是踏實的，這種感受和以前沒有任何分別。無論外婆變成了熊、變成了老虎，或是獅子、大象、長頸鹿，她都是外婆。

之後，柚子的記憶有些模糊，自己是睡著了還是清醒著呢？

天空依然很暗，柚子隱約聽到了拍動翅膀的聲音，她抬起頭來，看到一群發光的、銀白色的鳥兒，可能有好幾百隻，正從她頭頂的天空中飛過。

「啊，好想和大家一起飛。」柚子想。

第十一章

烤豆皮

第二天早晨柚子醒來時，發現自己在床上，看來她並沒能堅持一整個晚上，更沒能看到太陽一點點從東方升起來。

柚子氣呼呼的跑去找外婆，惡聲惡氣的說：「你不守信用！」

「可是，你和哈密瓜都睡著了啊！我問過你們，你們也說要回家去睡覺。」外婆說，「昨天白天你和哈密瓜到處跑，已經很累了，所以才堅持不住。下次，比如說下個星期，白天你先睡得飽飽的，我們晚上再出門去。」

其實，柚子也沒那麼想要一整夜坐在濕氣瀰漫的野外，所以她也不再生氣了。外婆讓她給院子裡的花澆水，她便高高興興的跑去幹活。

外婆家面向東南方，早晨的陽光剛好可以照到院子裡，堆在葉子上的水珠反射著破碎的光芒，美好的一天開始了，和外婆變成熊之前一樣。

正如大人們所說，太陽出來得太早，恰好意味著這天沒有好天氣。沒過一會兒，烏雲就包圍了太陽，世界又變得灰濛濛、陰沉沉的。緊接著，密密麻麻的雨絲從空中飄落，越下越大。柚子沒辦法出去玩，只好坐下來安心完成家庭作業。

兩個小時之後，雨終於停了。柚子跑到院子外，猛吸了一口雨後的清新空氣。

外婆家門前就有一條小河，彎彎曲曲的流過。兩岸的泥土潮濕又肥沃，青草恣意生長，非常茂盛，足夠淹沒哈密瓜。

外婆飼養的那四隻白鴨子此刻就待在河裡。有一棵老樹被風吹斷，橫在河上，鴨子們便蹲在樹上，像在舉行重要會議似的。

岸邊有許多戴著草帽的釣魚人，大部分是住在附近的老人，外婆有時候也會加入他們。小路被雨水打濕，滑溜溜的，柚子小心翼翼的跑到河邊去，想看看大家釣上多少條魚。

來到了河對岸，柚子看到一位頭髮全白的老婆婆，她就是擁有一大片橘子樹的那個人，姓譚，經常和外婆往來。她的頭髮也總是亂糟糟的，和梧桐葉一樣。

柚子看了看她的魚簍，裡面只有幾條小魚和一隻小蝦。

「魚好釣嗎？」柚子小聲問，擔心驚跑了魚。

「還好。我來了不到一個小時，釣上好多了！柚子，叫你外婆也來釣魚吧！最近幾天她真奇怪，都不怎麼出門，我叫她一起去趕集，她也不願意。整天待在屋子裡有什麼意思？」

「她為什麼不出門呢？」柚子問。

「說是怕自己的樣子引起大家的恐懼，突然就怕起來了。」

譚婆婆沒有繼續說下去，因為有魚上鉤了，可是，魚線從水裡拉起來，什麼也沒有，魚逃跑了。

「現在的魚也學精了，不容易上當了。」譚婆婆感歎道。

柚子又看了一會兒，說：「如果我外婆永遠無法變回原來的樣子，您還會和她做朋友嗎？」

「這又有什麼關係呢？只要她自己覺得開心就好了。」譚婆婆說，「其他的全都是胡說八道。」

「其他的什麼？」

「外面那些人說你外婆會打人、會咬人、會做出一些可怕的事，全都是胡說八道。我和她認識幾十年，我明白。如果是我，才不會在意那些閒話，越老顧慮越少，越老越自由才對。」

柚子突然覺得，眼前的一切都變得明朗起來，她的心裡也是暖暖的，像是自己得到了別人的理解。

「老了之後很自由，所以才會想變成熊就變成熊了嗎？」柚子順著譚婆婆的思路繼續想像著。

「說不定就是這樣。以前我聽別人說過，不知道是哪裡的老太太某天洗著澡，突然就變成一隻大烏龜，從從容容的游進了大江裡，之後家人再也沒有見到過她。」

「如果外婆不變回人，那她是不是有一天也會永遠離開我們，再也不回來呢？」柚子不禁心裡一緊。

「你們，特別是你媽媽，就是因為擔心發生這樣的事情，才會想讓你外婆變回來吧？」譚婆婆頓了頓，「柚子，你怎麼想呢？」

這時候，哈密瓜跑出院子，來到外面的小路上。他才走不到三公尺就滑了兩次，每次都差點摔倒，於是他停下腳步，扶著院牆，然後，一眼就看到了柚子。

「姊姊，吃飯了！」哈密瓜大喊。

「好的！」

柚子向譚婆婆道別，小跑著離開河邊。不用回答譚婆婆的問題，柚子鬆了一口氣，但她還是忍不住思索起來。

這個世界上有汽車、火車和飛機，即使相隔千里、萬里，借助這些交通工具，兩個人依然很方便就能見面。然而，外婆變成了熊，柚子想再見到以前的外婆，任何交通工具都幫不了她。從這種意義上來說，外婆確實是永遠離開了。

從第一次見到熊外婆的那個早晨，柚子便希望她能夠變回來，想要見到熟悉的外婆，希望自己的世界平靜又正常。

正常。那位專家曾經讓無數患了「變形症」的人恢復正常。那些人的想法又是什麼呢？他們是發自內心希望自己變回人類的模樣，還是因為他們身邊的人希望他們恢復正常？他們會不會像外婆那樣，變形之後過得更自由、更快樂？

那麼，恢復正常到底好不好呢？

柚子回到家裡。熱呼呼的飯菜一下肚，睏意湧了上來，她幾乎是閉著眼睛在吃飯。有一塊馬鈴薯狡猾極了，知道柚子的目光沒看向它，一直在碗裡打轉，不肯進柚子的嘴巴。

等到柚子終於吃掉了那塊馬鈴薯，午餐結束了。柚子打著呵欠爬上床，頭一沾到枕頭就睡著了。等到她醒來時，媽媽就在她身邊。

「柚子，該回家去了。」媽媽輕聲說。

柚子從床上坐起來，花了好幾分鐘，才讓自己的意識回到現實世界。這時候，哈密瓜也進來了，催促著柚子趕緊出發。柚子揉了揉眼睛，跳下床，抓了抓亂糟糟的頭髮，揹起書包，爬上汽車。

外婆送出門來，站在竹林旁邊，眼睛裡飽含溫和的笑意。和往常一樣，她會目送著汽車離開才回家去。大黃的叫聲清晰可聞，每次柚子一家離開時，牠總不願意安靜下來，像是捨不得大家走，又像是要跟著一起去柚子家。

柚子依然恍恍惚惚，她朝外婆揮手道別，外婆也朝她揮了揮爪子。汽車開走了，不知道為什麼，柚子心裡湧起一股奇怪的感情，忍不住扭頭看著越來越遠、越來越小的外婆。很快的，柚子就明白了，她的心裡有些難過，她有話想對外婆說，好多、好多話。

「柚子，不要亂動，坐好！」媽媽說。

柚子乖乖回過頭來，汽車拐了個彎，便再也看不到外婆了。

汽車停在理髮店外面，媽媽和哈密瓜去旁邊的菜市場買菜，柚子還沒走出午睡醒來的慵懶，她沒去，只是坐在空置的椅子上休息。理髮店的鏡子比家裡的鏡子好，光線也明亮，照得柚子的皮膚比正常時候白皙，小雀斑也沒那麼明顯了。柚子朝著鏡子裡的自己扮鬼臉，她熟悉的藥水味鑽進鼻孔裡。

柚子轉過頭，看到爸爸正往坐在她旁邊的那位阿姨的頭髮上抹藥水。柚子注意到了阿姨眼角的細紋，媽媽也有。不過，她更多的目光是停留在阿姨那長長的睫毛上。柚子的睫毛很短，也不夠濃密，她總是羨慕那些睫毛又長又密的人。皮皮是這樣，梧桐葉是這樣，就連討厭的段飛雨也擁有漂亮的長睫毛！

那位阿姨微微轉頭，看了看柚子，對她笑了笑。她的眼睛不大不小，異常明亮。柚子有些不好意思的扭過頭去，把玩自己的手指。

「老闆，這是你的女兒嗎？」阿姨說，「長得和你真像。」

「是嗎？大家都這麼說。」爸爸笑呵呵的回答。

「我更想長得像媽媽，媽媽比較好看。」柚子說，「爸爸的臉太長了。」

「哈！被嫌棄了。」阿姨開玩笑道。

「一天比一天更看不上我這個做爸爸的。唉，她長大了還得了！」

「孩子長大了要做什麼、會想些什麼，我們又怎麼干涉得了？只有現在盡量盡到當父母的責任。」

阿姨突然歎了一口氣，輕輕的，可是柚子依然聽到了，她感覺阿姨似乎並不怎麼高興。大人總有心事，如果他們不願意講出來，沒有人能夠逼他們。柚子就不一樣了，哪天她要是悶悶不樂，爸爸、媽媽、爺爺、奶奶還有外婆，就會不停的問啊問。

「有什麼不高興的事就說出來。」他們總是這樣說。

有時候，柚子願意將煩心事與家人分享，有時候，她恨不得全世界都聽她訴苦；然而，有時候，她不想向任何人坦露心事，有時候，她也說不清楚自己為什麼不高興。

哪能什麼都告訴別人呢？柚子盼望著長成能夠隨意把煩惱與憂愁藏在心裡的

大人。

柚子的爸爸應該也察覺到了阿姨心裡的不愉快，沒再繼續說起這個話題，轉而誇獎起阿姨的頭髮。柚子的注意力也不禁轉移到了頭髮上面，然後看到了許多白頭髮，阿姨應該是想要把頭髮染黑吧？

這時候，一個小孩推開玻璃門走進來，說：「媽媽，頭髮弄好了嗎？」這是柚子熟悉的聲音。柚子轉過頭，看到了梧桐葉。原來，柚子旁邊的阿姨就是梧桐葉的媽媽！柚子驚訝得瞪大了眼睛，梧桐葉主動跟她打招呼，柚子擠出僵硬的笑容，至少露出了十顆牙齒。

「桐桐，你不是喜歡旁邊店裡的烤豆皮嗎？和同學一起去買吧。」梧桐葉的媽媽掏出錢包，交給梧桐葉一些零錢。梧桐葉看看柚子，又伸手指指屋外，說：「要去嗎？」

「爸爸——」

柚子眼巴巴望著自己的父親。柚子的父母不希望她吃太多零食，柚子也乖巧，吃零食之前通常會徵求父母的意見。

「去吧。」爸爸說。他大大咧咧的，不像媽媽對孩子要求嚴格。

柚子高高興興走出店門，來到位於菜市場入口處的燒烤店。梧桐葉買了兩串烤豆皮，然後，兩個小女孩便站在店門口，等待豆皮烤好。

直到這時，柚子才猛然想起來，她和梧桐葉並不是關係非常要好的同學，這讓她感覺有些不自在。柚子偷偷轉頭看看梧桐葉，她一直專注的看著老闆烤豆皮。

拿到烤好的豆皮後，兩個孩子跑到市場裡的空地，準備吃完豆皮再回理髮店。

「我有一件事情想告訴你，梧桐葉。」柚子小心翼翼的說，「我會一直站在我外婆那邊的。今後，如果再有人說她的壞話，我就會跳到那些人面前糾正他們，維護我外婆的名聲。」

「說不定還要和那些人打架，你怕不怕？」

「怕，我不會打架。你放心，我會盡量用文明的方式來維護外婆，如果有人要打我，那我就逃跑，我跑得很快的。」

梧桐葉笑了起來，說：「如果真有人要打你，我會幫你的。我跑得不快，但是我打架很厲害。」

「好啊。」

柚子也笑了，想到了梧桐葉的媽媽那雙明亮的眼睛，以及她那又長又濃密的睫毛，覺得自己應該說點什麼，向梧桐葉表明她和別的孩子不一樣。

「你媽媽長得真好看。她和我見過的其他阿姨沒有什麼區別，真的。」最後柚子說。

「不對，我媽媽和我們不太一樣。她生病了，她的情緒一直很悲觀，總是容易想到最糟糕的狀況。以前我奶奶說，那是因為我媽媽不夠堅強，我原來也這麼想，但是爸爸說，堅強並不意味著一個人永遠不生病，永遠不難過，永遠不哭泣，而是——」梧桐葉頓了頓，努力回想她爸爸說過的話，「當你遇到很難過或是很痛苦的事情時，你能夠鼓起勇氣去對抗它們。所以，我媽媽很堅強，才會一直勇敢的和疾病鬥爭，她想要留在我們身邊。有一次，她差點被病魔擊倒，但是我們把她拉了回來。你外婆和我媽媽一樣，她們不是怪物，不可怕，她們只是生病了。」

「沒錯。」柚子說。可是，她心裡隱隱又覺得，外婆與梧桐葉的媽媽是不一樣的。

「那些人說你媽媽的壞話，你才會和他們打架嗎？」柚子又問。

「不只是這樣，他們有時候也會說我的壞話，故意招惹我。有時候，我也不知道怎麼回事，就和別人打起來了。我爸爸一直說這樣不好，讓我動拳頭之前先和大家講道理，和大家好好相處，可是對我來說，那實在太難了。」

「這樣好不好，以後你覺得自己快和別人打起來了，可以找我，我幫你講道理。」

梧桐葉噗哧笑了出來，撓了撓下巴，說：「你很會講道理嗎？有時候，你回答老師的問題都會結結巴巴，還總是臉紅。」

「你放心，我一定講得比你好。」柚子不服輸的說。

「那好啊。」

「打勾勾！」

兩個小女孩的右手小拇指勾在一起，達成了牢不可破的約定。柚子努力想要展示自己的友誼，又說：「你喜歡乒乓球嗎？」

「喜歡！」

「我有球和球拍，要不要去學校打球？」

「放假的時候也能去學校玩嗎？」梧桐葉問。

柚子點點頭，得意的說：「我和守門的伯伯關係可好了，他會放我進去玩的。」

兩個女孩三兩口吃完了烤豆皮，跑回理髮店裡，向各自的家長打了招呼，便奔去柚子家拿球拍和球，到學校痛痛快快的玩起來。

天色暗了下來，乒乓球飛在半空中，肉眼難以看清楚，兩個女孩只好離開學校。柚子出了一身大汗，所有的不愉快都隨著汗水排出體外，她覺得輕鬆極了。不過，哈密瓜有些生氣，因為柚子拋下他獨自去玩。

等到歇息夠了，柚子這才發現廚房裡的媽媽正哼著歌。那是一首老歌，柚子也跟著媽媽聽過幾次，她記性好，早就會唱了。

媽媽在唱歌，說明她心情舒暢，因此柚子跑去廚房裡，大聲說：「媽媽，你別唱了，每一個字都走音了！菜聽了你的歌會變難吃的！」

「有什麼辦法呢？這畢竟是我的興趣和愛好。」媽媽說。

「到底有什麼高興的事？」柚子好奇的追問。

「專家製作好了治療外婆的藥劑，剛剛去外婆家接你和哈密瓜時，我把藥也送過去了。明天早晨，以前的外婆就會回來了！你說，這件事值不值得高興呢？」

柚子愣在原地，突然感覺有一隻無形的大手伸進她的胸腔裡，抓住了她的心臟。

「不高興嗎？」媽媽問。

「你為什麼不早點告訴我？」柚子生氣的說。

「我忘記了，再說，也沒必要特別告訴你啊。你一直沒睡醒，路上不也一直在打瞌睡嗎？」媽媽說。

柚子瞪了媽媽一眼，跑出廚房撥通外婆的手機，又重撥了一次，都沒人接聽。柚子又跑進廚房裡，對媽媽說：「我要去外婆家！你開車送我去！」

「我的菜都下鍋了，不要鬧脾氣了！」

「那我自己走過去，不，跑過去！」

柚子轉身離開廚房，往家門外跑。

哈密瓜也跟到了大門口，大聲喊道：「姊姊，我也要去！姊姊！」

柚子沒有理他，哈密瓜正準備跟過去，又被廚房裡的媽媽喝止了。天已經全黑了，哈密瓜看了看黑洞洞的樓梯間，又轉頭看向廚房的方向，只好站在原地哇哇大哭。

柚子跑到大樓外，還能聽到哈密瓜的哭聲。一種說不清、道不明的悲愁突然湧上心頭，柚子也哭了，她淚眼模糊的穿過老街，來到通往外婆家的鄉村道路上。這兒沒有路燈，但是和昨晚不一樣，天空還算明朗，柚子看得清腳下的路。她這才擦乾眼淚，小跑著前進。

十分鐘之後，柚子便有些後悔自己衝動的離開家門。路上沒有行人，柚子忘了帶手電筒，黑暗籠罩著她，肆無忌憚的威嚇著她。而且還不時會有兇惡的狗叫聲傳來，柚子真擔心突然會有一隻大狗衝過來，一口咬住她的小腿。最可怕的情況是，萬一有什麼壞人趁機抓住她呢？

太衝動，太冒失，不應該想也沒想就衝出家門，應該多給外婆打幾次電話呀！

柚子不由得停下腳步，看看前面，又瞧瞧身後，思索再三，決定繼續往外婆家走。她聽得到自己的喘息聲，同時隱約聽到身後有腳步聲跟隨著她。她跑得快，後面的腳步聲也快；她放慢速度前行，腳步聲也慢下來。

恐懼就像大章魚，伸出無數觸角觸碰柚子的後背，她屏住呼吸轉過頭去，可是路上除了她並沒有別的人。柚子不顧一切奔跑起來，想把一切可怕的事情甩開。

沒過一會兒，身後有車燈照過來，她這才鬆了一口氣，跑到馬路邊上給汽車讓路。那輛車停在柚子身邊，媽媽的聲音響起：「柚子，上車！」

柚子趕緊爬到車上去，坐在哈密瓜身邊。媽媽什麼也沒問，開車往外婆家而去。經過岔路口時，柚子看到了旁邊那座山頂上的黃桷樹，想起昨天夜裡外婆在樹下講過的故事。

很久以前，有一個小男孩吞下一顆寶珠，變成一條小龍。這個故事與紅大人的故事有些相像，因為都是外婆講的。故事裡沒說到男孩變成龍之後過得怎麼樣，柚子試著續寫故事，她認為男孩的媽媽應該是高興的。

柚子並沒有講到男孩的感受，他過得高興嗎？畢竟他從來沒想過自己會變成龍。他會不會懷念以前的生活？有沒有那麼一次、兩次、三四次，男孩想要變回人類？就算他過得很高興，就算他能夠把寶物送給媽媽，但是他不能像別的孩子那樣陪伴媽媽，他會不會心懷愧疚？他可是古時候的人，那時候人們都認為「父母在，不遠遊」。

有沒有那麼一次，夜深人靜時，男孩會把這分愧疚講給母親聽？

「只要你過得開心，繼續當龍就好，不陪在我身邊也沒關係。」

他的媽媽會不會這樣對他說？

外婆沒有變成龍那樣的神聖動物，也不是像英雄那樣，為了從紅大人手中救下孩子而變成熊，只是某天早晨她醒過來，發現自己突然變成了熊。這是她的錯嗎？這很丟人嗎？

破破爛爛的小汽車停在外婆家旁邊的竹林外，柚子下車，穿過竹林來到外婆家門口。屋裡黑漆漆的，安安靜靜。大黃迎了過來，往柚子身上撲，見柚子不理牠，又用同樣的方式歡迎柚子的媽媽。

「媽媽，你覺得外婆已經把藥吃掉了嗎？」柚子小聲問，生怕驚擾了黑暗，或是外婆。

「不知道，應該沒有吧。」媽媽說，「她說，如果她變回人了，會第一時間打電話給我，現在還沒聯繫我呀！」

柚子終於鼓起勇氣敲了敲門，輕聲說：「外婆。」

「外婆！」

哈密瓜大喊一聲，一把推開門走了進去，柚子跟在他身後。媽媽伸手打開了屋子裡的燈，不過，沙發上空空蕩蕩，外婆不在客廳裡。

「外婆，你在哪裡？」柚子問。

「外婆——」哈密瓜拖長了聲音。

「我在這兒。」

外婆的聲音是從樓上傳來的。二樓有兩間屋子，被用作儲物間，旁邊還有小小的陽臺。柚子沒有開燈，輕輕的穿過儲物間，來到陽臺。外婆坐在籐椅上，她無事可幹時，或是想要好好休息一會兒時，總喜歡坐在這兒。

她依然是一隻毛茸茸的大熊。

柚子緊繃的心一下子放鬆了，眼淚迫不及待從眼眶裡湧了出來。

「怎麼啦？」外婆輕聲問。

柚子沒有回答，撲進了外婆的懷裡，哭得更開心了。她的眼淚沾濕了外婆的毛，那些毛又沾到了柚子的臉上，柚子也不在意。

「梧桐葉說的話是錯的！」柚子自顧自說道，「外婆和她媽媽不一樣，你並沒有生病，你只是終於變成了你本來的樣子活著。外婆！」

柚子掙脫了外婆的懷抱，抬頭望著外婆的眼睛，「請你不要因為大家希望你變成正常人，就變成正常人！為什麼每個人都必須正常呢？你並沒有做錯什麼，現在的你最好了，我會永遠站在你的這一邊，再也不管那些人會說什麼！外婆，不要吃專家給你的藥！」

「不要吃藥！」

哈密瓜重複著柚子的話，也撲進了外婆的懷裡。老舊的籐椅發出「嘎吱嘎吱」的響聲，不過很快便被外婆那爽朗的笑聲掩蓋了。

「媽，你怎麼了？」柚子的媽媽問道。

「我已經把你給我的藥處理掉了。」外婆說，「倒進了洗碗槽裡，打開水龍頭一沖，就什麼也不剩了。我思來想去，還是決定以熊的外表生活下去，不管你們支持或是不支持。如果這樣我活得更自在，哪怕面對重重困難，為什麼不堅持下去呢？」

「太好了！」

柚子掙脫外婆的懷抱，蹦蹦跳跳，恨不得到樓下的院子裡翻幾個跟斗。

第十二章

紫色的斑點

冷靜下來之後，柚子突然想到，如果外婆早就做出了決定，那她來還是不來，根本沒有區別。這樣的話，那柚子不就是白白在夜裡受了一場驚嚇嗎？

可是，柚子轉念一想，她並不是真的希望外婆別變回來，她只是心裡有許多話，馬上要當面告訴外婆，要讓外婆明白她的心思。那些話全都痛痛快快說出來了，柚子便不覺得有什麼遺憾。

「外婆自己決定保持現在的樣子，比聽了我的話之後決定保持現在的樣子，還要更好一些。」柚子接著想，「凡事自己做決定，總比讓別人為自己做決定好。」

然而，柚子媽媽有些激動，一是因為外婆突然改變主意，二是因為柚子的態度——要知道，以前柚子一直站在媽媽那邊，想讓外婆變回正常人，現在，她覺得自己的孩子背叛了她。

媽媽把柚子和哈密瓜轟下樓，一定要和外婆談一談。半個小時之後，她走下樓來，稍微平靜了一些，柚子看媽媽的表情便明白，她的心裡還有些氣呢。

「為了找那位專家，我們還花了不少錢呢，心痛死了！」第二天，媽媽依然在抱怨，「有效期有三個月，為什麼不先存著，過幾天改變主意了再喝也行啊！」

「媽媽，你還是希望外婆吃了藥變回正常人，對吧？」柚子有些不高興。

「也不是。」媽媽說，「昨天晚上，外婆把她的想法都告訴給我了。唉，我真是好久沒和她心平氣和談一談，明明是母女，明明沒隔多久就見面，卻完全不了解她！昨晚我也好好想了想，外婆是外婆，她有她的生活，我應該尊重她。」

「那你剛剛為什麼要說那樣的話？」柚子說。

「哎呀！我花了一大筆錢，就不能抱怨一下嗎？」

「可以，我允許媽媽抱怨。」哈密瓜模仿大人的語氣說。

「如果其他人知道外婆的決定，他們會怎麼看呢？說不定會覺得外婆的腦子有毛病。」柚子說。

「你放心，過一年，或是兩年，大家都會習慣的。」媽媽想了想，「或許不用花那麼長的時間，今年過年的時候，大家就見怪不怪了。」

「如果大家永遠也無法習慣呢？」柚子說。

「別理他們！」剛剛起床的爸爸說。

這便是柚子一家的決定，不過柚子想得更多，她認為，光是口頭上說一說並不夠，她必須要做點什麼，向外婆表示她的支持。

當天夜裡，柚子起床上廁所後，走過客廳時，無意中扭頭，便看到了遠處那教學樓的輪廓。柚子突然有一個好主意。

第二天早晨，柚子提前十分鐘離開家門，跑到樓下敲開皮皮家的門，要和皮皮一起去學校。皮皮很是驚訝，畢竟自從她撞傷額頭之後，她就不再和柚子一起玩了。

皮皮的媽媽挑著眉毛，不太歡迎柚子，想要讓她先走。

「皮皮的早飯還沒吃完呢。」皮皮的媽媽說。

「我已經吃飽了，媽媽。」皮皮已經揹上了書包，「如果你不願意，那我今天中午多吃一點兒就好了。」

皮皮的媽媽沒再繼續說什麼，皮皮便和柚子一起離開了。

她們倆來到樓下的花壇旁邊，花壇裡種著一大叢三角梅，那些紫紅色的花似乎一整年都開著，熱熱鬧鬧的。柚子蹲在花下，從書包裡拿出紫色的水彩筆，央求皮皮在她的臉上畫畫。

「為什麼呀？」皮皮問。

「你照我說的做就是了。」

皮皮想了想，答應了。她接過水彩筆，又問：「我應該畫什麼？」

「畫圓吧。」

大概十分鐘後，柚子的臉上、肚子上和手上，布滿了紫色的圓點。

皮皮的臉快要皺成一團了，她問道：「柚子，你真的要這樣去學校嗎？」

「是的！」

柚子把水彩筆收好，拉著皮皮的手穿過石板鋪成的老街，朝學校走去。

「皮皮，以後我還可以和你一起玩嗎？」柚子忍不住問道，滿懷期待。

「當然可以，你永遠是我最好的朋友！」皮皮說。

柚子高興極了，像是所有的陽光都落在了她的心上。

「那你能不能別怕我外婆呢？我向你保證，她和以前一樣好，甚至比以前更好玩了。外婆害你撞傷了頭，你能不能別生她的氣了？」柚子又說。

「我沒有生氣，我也不是特別害怕。可是我媽媽把李婆婆說得很可怕，還不讓我經常和你一起玩，不讓我去你家。」皮皮道，「柚子，下次放假你去你外婆家時，我想和你一起去。我覺得，我需要多和李婆婆相處，多和她說話，才能慢慢習慣現在的她。」

「你媽媽可能不會同意的。」

「那我就在家裡大哭，不停的哭，吵得她只能同意。」

柚子哈哈大笑起來，皮皮也笑了，兩個女孩冰釋前嫌。

柚子帶著一身的紫色斑點，昂首闊步走進學校。當然，她立刻成了所有人的焦點，大家圍繞著她指指點點，想知道她到底是怎麼了。

「有些人很好奇，有些人很害怕。」柚子心想，「外婆走在人群裡時，大家也有同樣的感受吧？誰也不願意整天被別人盯著，外婆心裡一定不好受，所以，她才差點吃了藥，想要變回來。」

柚子走進教室裡時，所有的同學全知道了她的事情。段飛雨跑到柚子面前，又故意與她保持距離，謹慎的問：「你怎麼了？」

「不知道，今天早晨起床之後就變成這個樣子了。」柚子說。

「是不是要變成熊了？」不知是哪個同學這樣說道，其他的同學全都附和起來。

「對啊！我外婆變成了熊，因為遺傳的原因，可能我也會變成熊呢！」柚子繼續說，「哎呀，哎呀！我感覺好像有什麼東西要從心裡跑出來了！」

柚子「嗷嗷」叫了起來，嚇得同學們慌張退開。段飛雨不小心被一個男生的腿絆了一下，跌倒在地。柚子哈哈大笑，不慌不忙的走到自己的座位上，放下書包，把作業簿和課本從書包裡拿出來。

這時候，柚子看到梧桐葉從後門進來了，她很少走前門。

「梧桐葉，早安！」柚子大聲說。

大家的目光全轉向梧桐葉，她有些不好意思的抓了抓頭髮，說：「柚子，早安。」

沒過一會兒，曹老師來了。她直奔柚子的座位，捧著柚子的臉研究了半天，有些無可奈何的說道：「這是用水彩筆畫的吧？」

「不是。」柚子的耳朵發燙，她最不擅長對老師撒謊。

曹老師並沒有繼續逼問柚子，不過，她打電話聯繫了柚子的媽媽。

第三節課時，柚子被叫去教職員辦公室，媽媽也在那裡。她愣住了，瞪大眼睛盯著柚子，過了半晌，哈哈大笑起來。

「你這是要幹什麼？」媽媽笑得眼淚都流了出來。

「我想給外婆加油、打氣。」柚子說，「我也想不到其他的辦法了。」

「我明白了。」媽媽的目光轉向曹老師，「老師，這是孩子的一片心意，我覺得沒什麼好擔心的。放心，等她今天回家後，我會幫她把臉洗得乾乾淨淨！」

曹老師無可奈何，只好答應了。

下午放學後，柚子回到家裡，外婆已經來了。大家再一次集中在柚子面前，觀察著她那張花花綠綠的臉，然後，所有人都笑了起來。

哈密瓜永遠喜歡模仿柚子的行動，也哭鬧著讓柚子在他的臉上、手上畫滿斑點，只不過他更喜歡綠色的。姊弟倆得意極了，趁媽媽準備晚飯時，跑到理髮店裡轉了好幾個圈，向爸爸展示倆人的傑作。

「姊姊，我們到街上去走走吧。」哈密瓜說。

「好啊。」

柚子拉著哈密瓜的手，大搖大擺走在街頭，像是巡視領地的山大王。唯一令柚子不滿的是，天黑得太早，沒能讓全鎮的人看到她的臉，可是，柚子真的很想讓認識的、不認識的人都明白她心裡所想的一切。

「你們倆快站到外婆旁邊去，我給你們拍張合照。」回到家裡後，媽媽說。

柚子和哈密瓜急忙擠到外婆身邊，外婆伸出手摟住姊弟倆。突然，一個大噴嚏從柚子喉嚨裡冒出來，媽媽恰好把這一瞬間永遠留進了相片裡。

吃過晚飯後，柚子和哈密瓜才被媽媽拉去清洗身上的斑點。

水彩筆的品質真好，柚子的臉快被搓掉了一層皮，依然能看出明顯的紫色印

跡。可能還需要清洗好幾次才能消失吧？柚子也不是特別在意。睡意湧了上來，她爬上床去睡覺了。

柚子做了一個飛翔的夢。

她終於擺脫了地心引力的束縛，輕飄飄飛到了空中。柚子一路前行，看到家人走在街上，每個人臉上都帶著燦爛的笑。她一一呼喚家人的名字，然後重新飛回地面，拉著爸爸、媽媽、哈密瓜和外婆，一起朝著高空飛啊飛，直到被重重的雲包圍。

有一團雲長得像是穿著鎧甲、拿著大刀的門神，祂朝柚子點頭示意，小聲說：

「去吧！雲裡的世界任你遨遊！」

國家圖書館出版品預行編目 (CIP) 資料

熊外婆 = Grandma bear / 楊翠著 . -- 初版 . --
新北市 : 悅智文化事業有限公司 , 2023.09
224 面 ; 14.7×21 公分 . -- (小書迷 ; 3)
ISBN 978-626-96924-6-0(平裝)

859.6 112013498

小書迷 3

熊外婆

作　　者 / 楊翠
總 編 輯 / 徐昱
封面繪製 / 古依平
插畫繪製 / 薛璟
封面設計 / 古依平
執行美編 / 古依平

出 版 者 / 悅智文化事業有限公司
地　　址 / 新北市板橋區板新路 206 號 3 樓
電　　話 / 02-8952-4078
傳　　真 / 02-8952-4084
電子郵件 /sv5@elegantbooks.com.tw

戶　　名 / 悅智文化事業有限公司
郵撥帳號 / 19452608

本書臺灣繁體版由上海火雀文化傳媒有限公司及四川一覽文化傳播廣告有限公司聯合代理，經大連出版社授權出版。

初版一刷 2023 年 9 月　定價 250 元

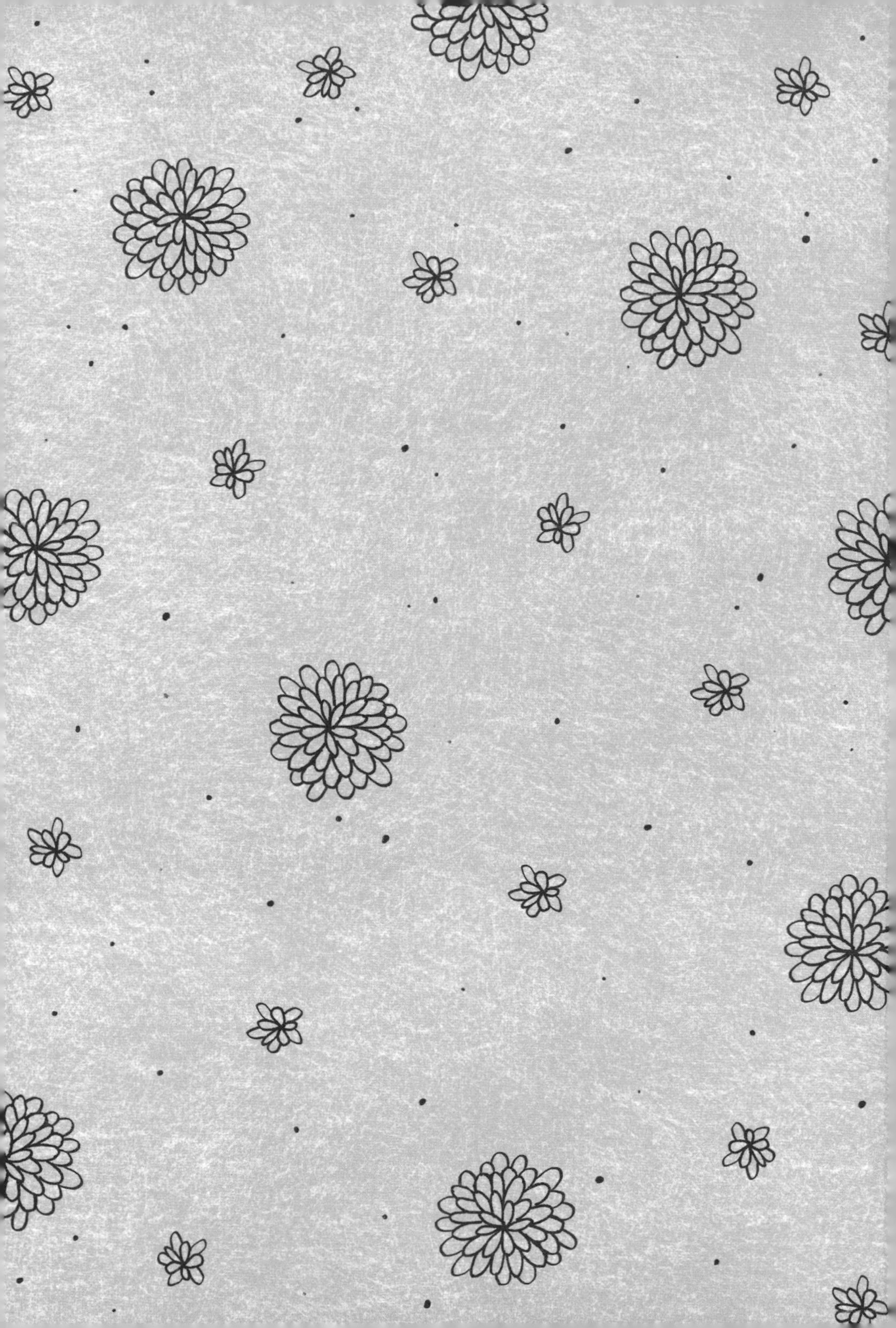

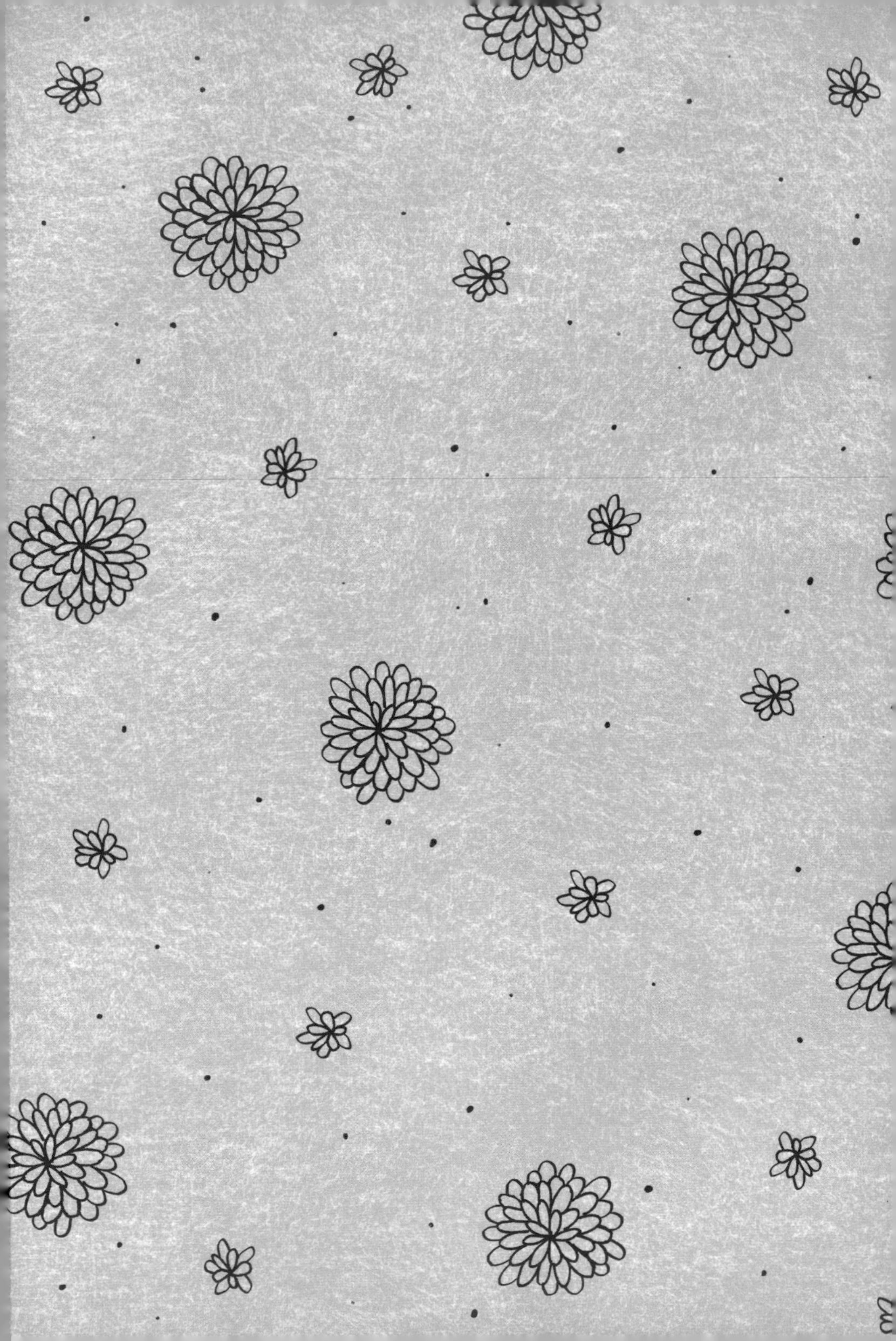

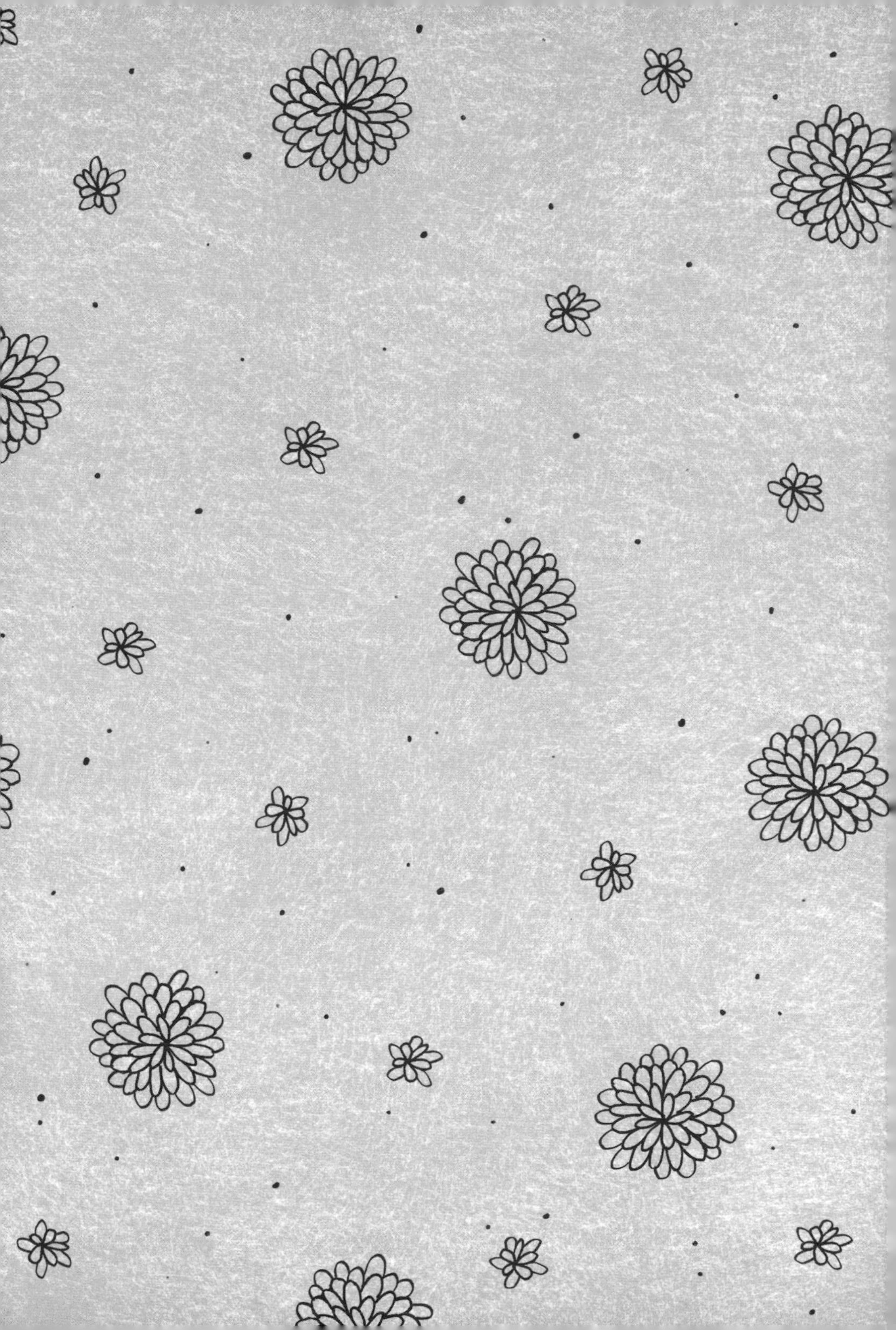

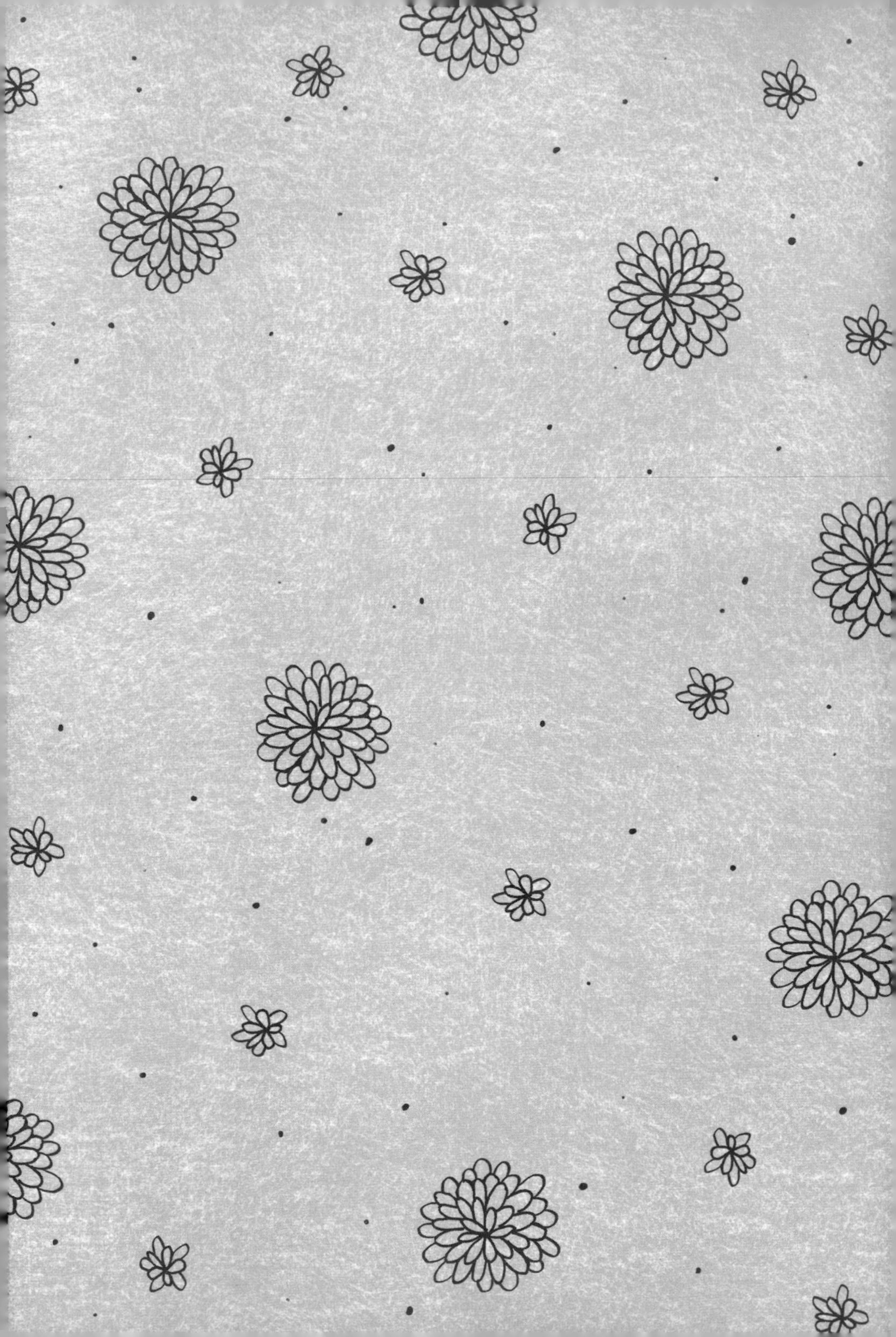